左起：西闪、钟鸣、李红、西门媚

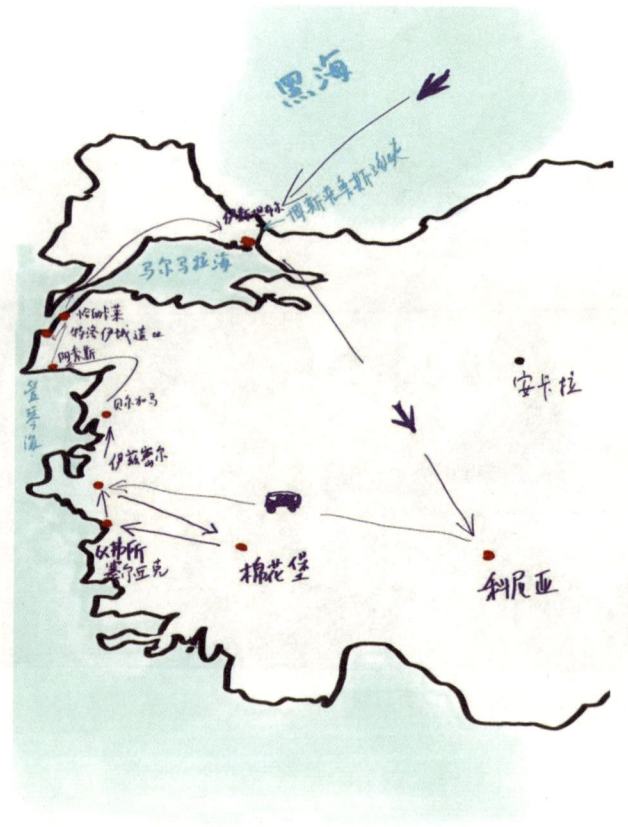

土耳其旅行路线图

星月之下

游思土耳其

西闪 西门媚 著

南京大学出版社

图书在版编目(CIP)数据

星月之下：游思土耳其 / 西闪，西门媚著. — 南京：南京大学出版社，2023.8
ISBN 978-7-305-26934-9

Ⅰ. ①星… Ⅱ. ①西… ②西… Ⅲ. ①游记—作品集—中国—当代 Ⅳ. ①I267.4

中国国家版本馆 CIP 数据核字(2023)第 076002 号

出版发行	南京大学出版社
社　　址	南京市汉口路 22 号　邮　编　210093
出 版 人	金鑫荣
书　　名	星月之下：游思土耳其
著　　者	西　闪　西门媚
责任编辑	陈　卓
书籍设计	周伟伟
印　　刷	南京爱德印刷有限公司
开　　本	787×1092　1/32　印张 9.125　字数 146 千
版　　次	2023 年 8 月第 1 版　2023 年 8 月第 1 次印刷
ISBN	978-7-305-26934-9
定　　价	68.00 元

电子邮箱	Press@NjupCo.com
网　　址	http://www.njupco.com
官方微博	http://weibo.com/njupco
官方微信	njupress
销售热线	025-83594756

版权所有，侵权必究

凡购买南大版图书，如有印装质量问题，请与所购图书销售部门联系调换

目 录

序言
001

虚无之境的悬停者
005

从空中掠过历史
017

帝王之门,苏丹之眼
031

伊斯坦布尔的狗
049

野猫、渡鸦和海鸥
061

寻找帕慕克
073

纯真记
085

在帝国的余晖中
097

海湾入魔的罂粟花
133

土耳其之色
157

陌生而甜蜜
169

风与火的试炼
187

阿索斯的美丽传说
201

阿尔忒弥斯之惑
217

安纳托利亚高原上
227

温柔的坚守
243

贝尔加马的人们
261

后记
277

补记
280

序 言

游荡已经结束,回溯却很漫长。

从土耳其回来,我俩开始了关于此行的写作。

一部分文字,我们以专栏的形式发表在多家媒体。专栏结束,写作却无法停止。更深入的阅读、观察和思索,一直在进行。

那片大地,沉积的历史无比深厚,现实错综复杂,未来尚不明晰。

这也让我们的空间之行结束后,还必须向时间深处延伸。文字,就是我们继续旅行的脚步。

还有我们的同行好友,他们也以自己的方式延续这次行走。

2021年底，钟鸣和李红正着手修筑新的庭院，他们发来一组照片。钟鸣以乱石叠架，构筑了一个废墟风格的水池。称之为水池是不准确的，它应该算是一个雕塑或装置。虽然方式是极现代的，但看起来却像古希腊的遗迹，那一瞬间，就想起了我们的土耳其之行。

2018年春夏，我、西闪和钟鸣、李红伉俪，四人携手在土耳其大地游荡。

钟鸣是著名的诗人、散文家，对历史和考古也有极精深的研究。李红是资深的旅行家，曾在文化旅行杂志做编辑，擅长做详尽周全的行程规划。他们夫妇近些年四处旅行，走的路线主要是寻访多元的古代文明。之前他们去过一次伊斯坦布尔，虽然匆匆，但印象极佳，于是与我们相约，再去一次土耳其，在安纳托利亚半岛来一场环游。

这一行，我们起于土耳其第一大城市伊斯坦布尔，然后深入安纳托利亚腹地，飞往历史名城科尼亚；之后从高原一路向下，在棉花堡略做停留，转道塞尔丘克，附近的古城以弗所和罗马时期的塞尔苏斯图书馆是我们此行的重点之一。另一个重点在贝尔加马，我们在伊兹密尔转车，就去往那里。从迪塞利到艾瓦勒克，接着到艾瓦哲克，我们在爱琴海岸边的小城之间辗转，到了小得不能再小的阿索斯休整数日，前往达达尼尔海峡里的重镇恰纳卡莱，寻访两处重要的战场——荷马史诗中特洛伊战争的发生地和加里波利之战的修罗场澳新军团湾；最后我们重返伊斯坦布尔，全面探寻这座美丽而神秘的城市。

这一行，我们既寻访散布各地的古希腊罗马文明遗迹，也体会奥斯曼帝国文化的各种遗存，更深入感受土耳其瞬息万变的今天。来自书本的知识，跟现实中的人人事事碰撞，或消散，或切实，真正让我们的认识鲜活起来。我们见证了他们的大选，欣赏了流行音乐会，也经历了斋月的庆典，跟土耳其人在夜晚降临时一起举杯。

有好些现象与细节，身处其间才能体味。比如，在不同地方度过的夜晚，听到的宣礼塔的呼唤差别很大，有的悠扬嘹亮，引领着整个夜空；有的仿佛几个宣礼塔在对话，高低长短不一，虽然完全不懂，却从音律中找到了不少趣味。有些地方，在寂静的半夜突然有锣鼓之声把我唤醒,在听觉上,跟着那支小小的鼓乐队在街头行进,行至某处,忽然散乱杂沓,就此结束。

此地与我们的文化如此不同,但人性却总是相通。在恰纳卡莱街头,我们看到醉鬼在顶楼阳台闹着跳楼,下面已有警察拉开了软垫,街上挤满了围观的人;在伊斯坦布尔街头,遇见女人彪悍地打架,一方扯掉了另一方的头巾,似乎双方有着与男人相关的怨仇,人们远远观望,直至女警赶来……总是这些人间琐事让我们心中踏实。

就这样,历史、文化与真实的人性,宛如立体坐标系的三维,稳定了我们探索异域的目的与方向。从日升之地到日落之处,从半岛腹地到爱琴海之滨,我们探寻未知的世界,同时也在探寻未知的自己。希望这样的探寻在未来的漫游图景里一直延伸下去,也希望我们笔下的旅行可以在更多人的心中燃起探究世界和自我的勇气。

西门媚

2021年12月26日,成都玉林

虚无之境的悬停者

西闪 文

成都飞土耳其的航班在阿布扎比国际机场中转。一位旅行家说，如果飞机在日落之后降落，你会看到波斯湾的石油钻井平台在机翼下闪闪发亮。我们无缘看到那幅胜景，舷窗外是一望无垠的虚空，只有笔直的公路和惨白的路灯在提醒此地仍属人境。

阿布扎比的意思是羚羊出没的地方，好过阿联酋的第一大城市迪拜，后者在阿拉伯语里原意是蝗虫。干热的沙漠中怎么会有蝗虫呢？也许，蝗群也在此中转。它们从东非大草原起飞，跨过红海，在波斯湾稍驻，然后掠过伊朗，向印度次大陆飞去，与我们的航线相向，部分重合。

机场中转大厅的旅客不多，冷气很足。墙面和柱子上无处不在的六边形苯环徒具石油象征性的暖意,室温却只有十二三度。清晨的航线将由土耳其航空公司接手,距起飞还有8小时。我们穿上厚袜子和羽绒服,把自己包裹在躺椅上。

偶尔能看到满面于思的阿拉伯男子,白色头巾白色长袍,像王子一般缓步路过。不像旅客,大概是管理人员。他们的祖父或者曾祖父多是捞珍珠的渔民,活得够久的话,应该见证了六边形苯环如何像救世主一般扭转儿孙们的命运。阿布扎比的石油储藏量据说有近千亿桶,按照现在的开采量可以撑过一百年。

王子们的统治者阿勒纳哈扬家族不是渔民的后裔,而是贝都因人。在阿拉伯语里,"Bedouin"的意思是活在沙漠里的人。他们是游牧者,追逐着水和草的线索,养羊、养骆驼和狩猎,偶尔也干劫掠过境商旅的营生。

从北非到中东,最活跃的时候,贝都因人的足迹遍及整个奥斯曼帝国。强大的统治者对放荡不羁的家伙睁一只眼闭一只眼,只有在失去自信的情形下才想捆住他们的手脚。忧惧的统治者认定自由是体制的威胁,同时基于国家财政的考虑,把游牧者转化成固着在土地上的

石油，一种深褐色的、偶见泛绿的黏稠液体，"人类世"（Anthropocene）的主要动力之一。20世纪70年代初，美元与黄金脱钩，改与石油联姻。从此，全世界购买石油都只能用美元来支付。美元的信用因石油而坚挺，石油的地位因美元而稳固，一个雄霸全球的石油美元体系迄今仍在持续发挥巨大的影响力。阿联酋用褐色或绿色的六边形图案全方位装饰着阿布扎比机场，因为这个图案代表石油最基本的苯环结构，进而象征着国家的根本。

农民，可以追踪，可以计数，还可以征税和募兵——绝佳的策略。

不过帝国对阿拉伯行省边缘的贝都因人提不起什么兴趣，很可能完全不知晓他们的存在。另一个帝国倒是注意到了他们。19世纪初，英国东印度公司为了保障印度到埃及的货运航线，派出舰队摧毁了贝都因人在波斯湾沿岸设立的劫掠据点，并和阿勒纳哈扬家族等部落签订了协议，从此控制了这些部落的对外事务，包括外交以及防御。背地里英国人把他们搞的这个松散组织叫作"海盗海岸"。

1820年是阿布扎比的第一个准确时间。事实上整个阿联酋的历史都有同样一行主体不明的文字："1820年沦为英国的保护国。"问题在于，那时候的阿布扎比人理解什么是国家吗？

当帝国失去了印度，保护国存在的理由也随之消失了。被人为绑在一起的部落联盟却不觉得彼此需要更紧密的团结，说服他们组成一个联邦制国家变成了宗主国的艰难任务。直到1968年，英国政府宣布计划在三年内彻底退出，部落首领们才慌了神，展开了一系列疯狂的谈判。除了现有的七个酋长国，巴林和卡塔尔也参加了"组团"的谈判，直到签约前的最后一刻才选择不加入。

转机大厅的寒气逼着旅客不时起身走动。两个黑袍女子站在麦当劳门口交头接耳，店中肯定没有禁忌成分，不知她们在犹豫什么。出发前我们特意审视了自己的行装物品，确保不会冒犯当地习俗。

禁忌是标注边界的共识。我能理解，哪怕只是在连锁快餐店门口，也会有一道需要跨越的隐形屏障，何况港口、机场与海关。从这个意义上讲，我们的土耳其之行注定是一次冒犯之旅，我们必然会穿越各种边界，地理的、历史的、社会的以及观念的边界。马克·吐温说旅行是治疗偏见、固执和气量狭窄的良药，这种态度当然值得所有旅行者效仿。可是，当地人看待旅行者的真实态度又是怎样的呢？

卫生间在大厅的下一层，王子也不能免俗，相较于小便池，他们似乎更偏爱单独的隔间。俗事毕了，隔间会发出一声轻缓而威严的咳嗽，一旁负责清洁的工人赶紧过来开门，就像马车夫那样弓着腰。

工人各有来处。有些一眼就能看出来自南亚，比如印度、巴基斯坦、孟加拉国和斯里兰卡；也有一些看不出来历，据说是蒙古人、哥伦比亚人、马达加斯加人和苏丹人。然而无论他们来自何方，阿布扎比机场似乎都有一种能力把他们标注成外来者，让他们随时保持着身体的紧张，如同那个在卫生间里为王子开门的人。

与卫生间毗邻的是礼拜室。按照伊斯兰教义，信徒们每天要朝麦加的方向祈祷五次，所以随处可见标着"Qibla"字样的绿色箭头。五次祈祷分别称为晨礼、晌礼、晡礼、昏礼和宵礼，其时间依据阿布扎比的日出与日落，印在每天的报纸上。

我没有冒昧地闯进去，礼拜的知识已略知一二，不必亲眼见证。面向麦加站立，默想片刻，口诵"安拉至大"……步骤还不少，一个虔诚的教徒每天要在礼拜上花费至少半个小时。

整个机场豪奢而单调，一如手中甜到齁的椰枣。时间很难打发，我把注意力转向所有我可以辨识的文字。在一张旅游宣传卡上，我看到了阿布扎比的标志谢赫扎伊德大清真寺，一座足以容下四万人的白色建筑，在深蓝色的天空下通体发亮。

谢赫扎伊德是阿布扎比的酋长,也是阿联酋的"国父",全名是谢赫·扎耶德·本·苏丹·阿勒纳哈扬(Sheikh Zayed bin Sultan Al-Nahyan),生于1918年,2004年去世。谢赫是长老的意思,也是贝都因人对酋长的称呼;扎耶德的意思是丰富,阿拉伯人的常用名;本·苏丹即"苏丹之子",阿勒纳哈扬则是家族的称谓。冗长的姓名无非为了炫耀久远而显赫的家世,不过通常来看,炫耀的近义词不是宣扬而是掩饰。

就像英国人把松散的部落团成一个国家,生活在国家之中的人们也不得不学习如何建构民族,并把自己对亲人、家族和部落的忠诚转移到更加宏大的群体之上。这个过程往往很艰难,甚至看不到效果。比如贝都因人,严格来说根本不是一个民族,而是一种生活方式。一旦游牧生活解体,贝都因人也就消失了,只剩下更笼统更缥缈的概念——阿拉伯人。

这样的情况不仅发生在波斯湾,大半个阿拉伯半岛都是如此。无论沙特阿拉伯、卡塔尔、阿曼还是也门,民族从来不是重点,家族和宗教才是。最典型的要数沙特，它是世界上唯一将家族姓氏冠在国名上的现代国家。从国际政治的角度看，他们无足轻重的原因就在于此，因为国家的热情只可能来自民族，哪怕它是想象的产物。

看看当年大英帝国是怎么想的吧。1914年的一份秘密官方文件是这么写的："我们想要的不是一个统一的阿拉伯，而是一个脆弱而分裂的阿拉伯。让阿拉伯在我们的宗主权之下尽可能地分裂成一个个小邦。这样一来，它们既可以成为防范西方强国的缓冲带，同时又无力联合起来反对我们。"历史证明他们多虑了，无须什么作为，一切诚如所愿。

那么，即将飞抵的土耳其又会提供什么样的证明呢？我想象着数小时后的伊斯坦布尔。

夜越深，人越多。经停阿布扎比机场的多数航班都在子夜时分。黑人、白人、拉丁裔、亚裔、金发、棕发、高挑、矮胖、长袍、短裤、严肃、淡然……各种元素混杂。我对西门媚说，这里简直是银河系的外星人中转站，我失去了判断美丑的标准。她深有同感："瞧，坐在那几人中间的金发姑娘，假如在另一个场合见到，我会认为她很漂亮,可是现在我完全没有那样的感觉。"

我们在麦当劳买了咖啡,没有看到那两位黑袍女子,厅内挤满了白袍的阿拉伯男子。据说可以从头巾分辨他们来自何处:很多阿联酋人和沙特阿拉伯人都戴白色头巾,但喜欢红白两色格子头巾的人也不少;约旦人喜欢给头巾缀上金色的流苏;巴勒斯坦人偏爱黑白两色的格子头巾。可是既然阿拉伯世界"脆弱而分裂",我又能确认些什么呢?

登机的广播还未开始,唤拜晨礼的颂唱已然响起。5点14分,分秒不爽。声音在大厅激荡,犹如虚无之海上难以名状的漂浮物。"赶紧离开!"也许是咖啡的作用,一种强烈的情绪从我的内心泛起。

直到再次起飞,情绪才平复下来。椅背上的屏幕显示,飞机正朝着西北方向,从巴士拉、巴格达和安卡拉等城市上空飞过,最后降落在伊斯坦布尔国际机场。看着这条确定无疑的航线,我感觉自己像一个侥幸走出海市蜃楼的旅行者。

从空中掠过历史

西闪 文

航线图显示，机翼之下是巴士拉，一座伊拉克城市。这个地名给我留下的印象似乎总与战争有关。先是1990年的海湾战争，人类历史上第一场在电视里直播杀戮。接着是2003年，在那场重塑中东格局的伊拉克战争中，巴士拉再一次被英国人占领，直到2007年才交还给伊拉克政府。

英国人占领巴士拉的历史可以追溯到1914年冬天，第一次世界大战的最初几日。大英帝国向奥斯曼帝国正式宣战的第二天，一支从印度调来的军队冲出波斯边境，轻而易举地拿下了这座两河流域的名城。然而胜果仅此而已，他们在第二年向上游推进试图攻下巴格达时遭遇了巨大的失败。奥斯曼帝国的军队、底格里斯河的蚊蝇，再加上危机四伏的沼泽彻底粉碎了英国人的野心，把他们逼入节节败退的境地。最后，在逃回巴士拉的途中，他们被土耳其人围困在一个河湾村镇长达半年之久，结局是苦涩而屈辱的无条件投降。战死的英军超过2万，被俘1.3万，很多人死在了长途押送的路上。

土耳其人的胜利令人意外，但无关宏旨。在地图的另一边，加里波利之战更有震撼力，同样无助于奥斯曼帝国的黯淡结局。1917年英国人卷土重来，一路上稳扎稳打，最终拿下了巴格达。美索不达米亚成为一战中奥斯曼帝国失去的第一块土地，并在多年后有了新的名字——"伊拉克"，意思是植被丰饶。1918年11月，悬挂着英国旗帜的舰队穿过达达尼尔海峡，以战胜者的姿态驶入了伊斯坦布尔。

"逝者如斯夫"，再伟大的帝国也有崩塌解体的时候。底格里斯河与幼发拉底河交汇的两河流域诞生过不少人类文明，苏美尔人的统治比奥斯曼人长久得多，可是两千年后还是被巴比伦人取代，接下来还有亚述人、波斯人、蒙古人。有人认为，5600公里之外的三星堆是苏美尔人的余绪，那又如何呢？文明就像河流中的卵石，被时间冲刷，被命运裹挟，最好的结局也无非化作细沙铺在河底。

土耳其航空的空姐一脸自信，系着多彩的小方巾，雪白衬衣罩着黑色小背心，端庄又活泼，远比阿提哈德航空公司的阴郁空少令人放心。在她们的照拂下，我们于午间降落在伊斯坦布尔阿塔图尔克国际机场。

阿塔图尔克（Atatürk），意思是土耳其人的父亲。1934年，土耳其国会把它作为姓名授予了以帝国余烬重塑国家的英雄穆斯塔法·凯末尔。阿拉伯语里，穆斯塔法的意思是"神选者"，凯末尔在土耳其语中则是最高荣誉和完美的意思，再加上阿塔图尔克，简直超级无敌。不过，这个略微陈旧的机场将在一年后永久停业。新机场不再靠近地中海，而在黑海一侧。届时空姐的服装也将换成更加国际化的红衣红帽，那是土耳其国旗的颜色。

从机场前往老城的海滨公路两侧飘荡着蓝色橙色相间的彩旗，这是现任总统埃尔多安所在政党的标志色。我后来才知道，另一个名为"好党"的组织也用了相似的蓝色和黄色，粗心如我很难分辨。

与豪奢的阿布扎比机场相比,阿塔图尔克机场显得有些简陋。可是从旅客的角度看,前者仍是边陲,后者才是中心。人们衣着随意,表情放松,好像这里是熟人朋友的会客厅,而不是伊斯坦布尔的国际机场。

2016年,阿塔图尔克机场曾遭极端组织发动的恐怖袭击,至少有42名无辜者死亡,两百多人受伤。我们所站的位置,就是当年恐袭的案发地点之一。无论建筑还是人群,都已不见当年痕迹。

并没有埃尔多安的巨幅广告,右侧车窗外,海水一片银灰,公路左侧的城墙在阳光下显得有些破败。一些地方明显修补过,白色的石灰浆潦草地遮掩着土黄色的墙体。阳光也公平地照耀着城墙下那些简陋的板房,让铁锈一般的暗红色显得很好看。

司机老练地一打方向盘,车子左拐驶入一条上坡的小路。路面铺满馒头大小的卵石,略感颠簸。天光不觉暗了下来,当我们抵达旅店,空中飘起了细雨,虽是正午也有凉意。

像所有面向游客的旅店一样,橱窗中展示着店家最想给游客第一时间展示的东西。最常见的旅游纪念品是以"邪眼护身符"为主题的挂坠、手镯和钥匙扣,想必"以眼还眼"是人人都能理解的道德语言吧。对付那种掺杂了嫉妒、诅咒、仇恨和怨愤的邪恶目光,最直接有效的方式难道不是用同样凶狠的目光瞪回去?生活在地中海地区的先民们就是这么想的。既然邪恶的目光释放的力量足以让人石化,乃至瞬间丧命,那么就应该像希腊英雄珀耳修斯那样,利用镜面盾牌的反射使得蛇发女妖美杜莎死于自己的凝视。

考古证据表明,这种以眼还眼的策略远比希腊神话更加古老,最早可以追溯到公元前3000年的美索不达米亚西部,之后影响遍及安纳托利亚、埃及和亚平宁半岛。最迟不晚于战国中期,这种影响经由游牧民族之手从西亚传至中国,衍变出类似邪眼护身符的饰品——"蜻蜓眼",一种状如眼球的蓝色玻璃珠。

我想到来时阿塔图尔克机场的停机坪上,钴蓝色的眼睛在白色的客机尾翼上目光炯炯。还有刚才乘坐的出租车,"邪眼"挂在前排正中的后视镜上,代表了司机对乘客的审视。我甚至联想到朋友翟永明和徐冰的影像作品《蜻蜓之眼》,那何尝不是以眼还眼策略的当代艺术版呢?

前台经理的汉语和我的英语一样寒碜,他递给我的客房钥匙上也挂着邪眼护身符。上了三楼打开房门,不出所料,床头挂着一幅安格尔风格的油画,由于复制的缘故失去了所有精致。五楼的餐厅一扫局促,坐在露天阳台上,托普卡帕宫的城墙近在咫尺,稍远处是一座小型清真寺,再远一些就是海了。高高的海平面与天际线交接在一起,海峡里不时有货轮经过。从小在长江边长

坐在酒店的阳台上眺望金角湾,近处左侧是托普卡帕宫的围墙,右侧是伊沙克帕夏清真寺。与周边那些著名的建筑相比,这座清真寺毫不起眼。不过在历史上,伊沙克·帕夏的名气不小。当穆罕默德二世攻陷君士坦丁堡,身为大维齐尔的伊沙克·帕夏主导了城市的重建。在当代流行文化中,他也意外出镜,成为游戏《刺客信条》里一个神秘暗杀组织的领袖。

大的我，对这样的景色有一种天然的亲近感，仿佛儿时的眼睛重新醒了过来，无比清晰，无比安宁。

我当然知道这是一种误解，一种谈不上真切的比附。但当我坐在那里，我的心中确实升起了熨帖的家乡之情。看着海水，想着江水；看到渡鸦，想起沙鸥。没料到，在陌生的土耳其，开篇竟然像一场思乡之旅。只不过，眼前的世界真切；而我的故乡，早已没入水底。

很自然地，我想起土耳其作家帕慕克笔下的"呼愁"，他在《伊斯坦布尔：一座城市的记忆》里为之赋予了新的含义。与其说那是一种实在的忧伤，不如说是一种精神上的乡愁，一种既已失去而徒呼奈何的感伤。不过我不觉得帕慕克的所谓呼愁有多么新颖，斯蒂芬·茨威格的《昨日世界》、伊夫林·沃的《旧地重游》，还有石黑一雄的《长日将尽》，都有感物伤怀的情愫，不同的或许在于感怀对象为谁，昨日世界在自己的心目中又是何等面目。初到这座城市，我不敢贸然认定，伊斯坦布尔的人们真如帕慕克所写，笼罩在无远弗届的愁绪之中，因为我知道，只有对现实不满的人，还有那些看不到未来的人，才会对过去存有执念。

游客的执念不是过去,而是新奇。从酒店步行到圣索菲亚大教堂不过五六分钟,可惜天色已晚,我们只好在教堂后门一侧随便遛一遛,权当活动一下久坐的筋骨。索菲亚在希腊语里的意思是"神圣的智慧",故而也可称之为"圣智教堂"。1453年奥斯曼土耳其人征服君士坦丁堡,教堂改作清真寺。1935年,凯末尔将其改为博物馆。我们去的时候听说有人又想把它改回清真寺,不久后这个愿望将会实现。

教堂与酒店之间,有一座形状颇似神龛的方块建筑,每一个立面都有一个水龙头,看介绍才知此乃艾哈迈德三世喷泉。正是在这位苏丹治下,帝国的衰势一度有所缓解,并在与宿敌俄罗斯的交锋中取得了胜利,须知当时对阵的沙皇可是彼得大帝。之后的十多年里,艾哈迈德醉心于文学、音乐和绘画,帝国文化因他而繁盛一时,史称"郁金香时期"。这喷泉就是那个时代东西方艺术交融的象征,它既有伊斯兰文化的特色,又明显带有欧洲洛可可艺术的风格。可惜1730年近卫军兵变,艾哈迈德被软禁至死,奥斯曼帝国的文艺复兴终究成了泡影。

夜幕下的喷泉不见一滴水。几只大狗躺在旁边,似看非看,慵懒地享受着地面上的余温。我们也有些累了,向坡下的酒店走去。

帝王之门,苏丹之眼

西闪 文

从下榻的酒店到圣索菲亚大教堂只需步行5分钟，离托普卡帕皇宫更近，不到300米的距离。在伊斯坦布尔的时候，几乎每天我们都会经过皇宫的大门，沿着墙外一段小路来来去去。寂静无人的清晨和深夜，在高大宫门的暗影里，总能看见披着迷彩风衣手持微型冲锋枪的军警。自从2016年发生未遂军事政变，土耳其的戒严令维持了两年有余。只有当太阳升起，空气中的肃杀气息才会被如织的游人冲刷殆尽。

托普卡帕宫，意思是"大炮之门"。昔日宫墙之上的堡垒中，架设着威风凛凛的大炮。土耳其人的命名方式就这么直接，显得漫不经心。就像伊斯坦布尔这个城市的名字，据说源自他们对希腊语的讹传，本义不过是

奥斯曼帝国的建筑在布局上显得相当随意,有时候还格外拥挤。在此之前很难想象,我可以用一张照片装下三处名胜。从左至右它们分别是圣索菲亚大教堂、艾哈迈德三世喷泉以及托普卡帕宫的帝王之门。

乡下人的口头禅"进城去"。

同样直接地,土耳其人更愿意称呼终结拜占庭帝国的穆罕默德二世为"法提赫",意思是征服者。今天伊斯坦布尔的老城区依然叫这个名字,区内的托普卡帕宫也为他而建。当然,彼时它还不叫"大炮之门",而被称为"大萨拉基里奥宫",意思是大皇宫。宫殿旧址是拜占庭的卫城,地处一个可以控制金角湾、博斯普鲁斯海峡和马尔马拉海的岬角之上,海岬因此也叫作皇宫角(萨拉基里奥角)。

大皇宫从此成为帝国历史不可或缺的演出空间。它的诞生,它的格局,它的组织和运转,无不反映帝国的特征与本质——有什么比皇宫更适合做帝国的象征呢?难怪历史学家总是花费宝贵的篇幅去描述它。他们说皇宫不仅为宫廷生活定下了新的基调,也为帝国政治确立了新的原则。

转悠了大半个皇宫,就布局而言,历史学家的话有些言过其实。宫廷格局颇为凌乱,建筑样式也谈不上多经典。如果非得用美感来形容的话,我觉得它体现的恰恰不是新基调和新原则,而是奥斯曼帝国传统的游牧文化,就像他们的祖先在作战时搭起来的一堆帐篷。英国作家杰森·古德温(Jason Goodwin)说得更不客气,他在《奥斯曼帝国闲史》里写到,今天看起来,托普卡帕宫简直就是"败北之师原封不动保留下来的一座军营"。以往的评价也差不多,一位德国教士萨洛蒙·施威格(Salomon Schweigger)在1576年给出的评价是,建筑又小又矮,杂乱无章,"就像从一个大麻袋里哗的一下倾倒在地上的东西"。

然而坚固雄伟的城墙和宫门在提醒我皇宫与帐篷的巨大区别。正是借助这座新建的宫殿,穆罕默德二世把游牧者的帝国彻底改造成了定居者的帝国。

我站在皇宫的大门前,试图找到基调与原则的残存。仰望略带尖顶的拱券,上面镶嵌着金色的花体铭文,像一团纠缠的茑萝花。"穆罕默德苏丹,真主在人世间的影和灵,地上的君主,两洲两海与东方西方之主,君士坦丁堡的征服者。"另一段铭文则写道:"拜上帝的恩赐及认可,这吉祥的城堡得以耸立,它的牢固能带来和平安宁……愿主保佑帝国永恒,让祂的子民能成为天上最明亮的星光。"如果没有手中的史书,我多半会误以为它们是金光闪闪的纹饰。那是早在1928年就被共和国强行废除的帝国文字,现在的土耳其人也未必懂。

高大的宫门因苏丹铭文被称为"帝王之门",而"高门"(Sublime Porte)则是它更为人所知的名字。1650年以后,法国人用它来指代大门背后苏丹和大臣们的办公区,就像如今的白宫。当然,比起白宫,奥斯曼帝国的最高机构权力要大很多,毕竟苏丹不是总统。据说,铭文的背后有一个暗阁,在某些重大时刻,苏丹会藏身其中,窥视门外发生的一切。不管有多么强大,统治者内心仍然脆弱到需要目睹权力发生的效果。

虽然暗阁不在游览之列,皇宫里类似的机关却不少。例如在底万(Divan),即帝国最高议事厅的上方,也有一个隐秘房间,苏丹时常躲在那里,透过格栅居高临下地监视着臣子们的一举一动,于是后世称那个暗房为"苏丹之眼"。

还是帝王之门最让我浮想联翩。我难免会猜测,藏身阁楼的苏丹希望看到什么,又真正看到了什么。可想而知,他希望在大门那里看到出征与凯旋,看到四海宾

傍晚的托普卡帕宫门可罗雀,幽暗处两名军警正在窃窃私语。我抬头望向"帝王之门"的上方,相较于那些金色铭文,那两个左右对称的星月标志显得有些黯淡。星月标志起初并不专属于特定宗教。它起源于美索不达米亚的神话,经过希腊化的过程,渐成古罗马时期的流行符号,甚而镌刻在拜占庭帝国和波斯萨珊王朝的钱币之上。直到穆罕默德二世攻陷君士坦丁堡,这个符号才被奥斯曼帝国继承。然而它成为国家象征的历史很短,直到土耳其建国方才确立。它成为宗教象征的历史更短,晚至20世纪五六十年代。

托普卡帕宫建在海岬的最高处,从南端的帝王之门进去,整个布局分为第一、第二、第三、第四庭院以及后宫,依次大致向西向北扩展,越往里走越接近海。站在北端的第四庭院,可以眺望博斯普鲁斯海峡对岸,那是伊斯坦布尔的亚洲部分。

服八方来仪。这个惯于征伐的帝国，领土扩张是数百年来社会经济的主要动力，无论是统治者还是被统治者都以此为业，所有人的荣耀都建立在领土的攫取之上。在似乎永无止境的疆域里，每一个总督都是将军，每一个男人都是士兵，所有的山口都设有岗哨，所有的道路都行进着军队。每当苏丹下达集结令，每个适龄男性都兴奋得像要参加盛大的婚礼。奥斯曼人对战死沙场的光荣如此痴迷，以至于精神病人都组建了队伍，在战斗中充当人肉攻城槌。疯子们的军团有个酷炫的名字"灵魂冒险者"，后来更名为"迷途之子"。

而托普卡帕宫永远是这台战争机器的发动机。帝国最强盛的时期，每逢4月23日，苏丹都在宫中宣告征伐令。号令一出，帝王之门会准时洞开，从中涌出宫廷各色人等。平时，这些人是苏丹的裁缝、鞋匠、园丁、医生、添柴挑水的仆役、遛狗者、驯鹰人以及游艇桨手；战时，他们集合在不同的战旗下，各自恢复在近卫军中的岗位。"再柔顺纤细的宫廷小厮，也必定是一个娴熟的标枪兵或弓箭手，并且擅长角斗。"一个在奥斯曼军队里做了20年俘虏的西方人写道。

然而当时的观察者似乎不介意这样一个显而易见的事实：这些人都是苏丹的奴隶，不管他们在托普卡帕宫里有什么身份，在近卫军中担任什么职务，都是奴隶。

这不是修辞，如果有什么是穆罕默德二世确立的新基调与新原则，这肯定是其中之一。他杀掉了最后一个来自名门望族的大维齐尔，废除了世袭的官爵和贵族。他把曾经立下汗马功劳的骑兵安置在帝国各地，允许这些加齐的后裔们继续依靠攻城略地过活，却在皇宫里建立了一支战斗力极强的私人部队。这支近卫军的成员都是苏丹的个人财产，他们有的经贩卖而来，有的从别处劫掠而至，有的是战场上的俘虏，有的是降伏者奉献的子女，但没有一个人是传统穆斯林——《古兰经》规定，生来就是穆斯林的人不得为奴。也因如此，这些奴隶的子女会因为生下来就成为穆斯林而自动失去做奴隶的"资格"。除了近卫军，皇宫中的宰辅、宦官、小丑和聋哑仆役，也都是这样的奴隶。不管他们获得多大的恩宠，拥有多高的权力，终其一生都是苏丹的财物。

在这种独特的专制下，皇宫里形成了一种诡异的政治平等——苏丹之下，人人都享有做奴隶的权利。这种权利，不会因为被统治者的家世、财富和阶层有所区别。难怪有历史学家给托普卡帕宫取了一个更恰切的绰号——"奴隶之家"。更加诡异的是，当这种毫无羞耻感的奴隶制度败坏之后，帝国就陷入了长期的腐朽与衰落。

也许，透过帝王之门的暗阁，苏丹的确可以看到自己的权力产生的种种效果。他的号令正在实施，他的军队正从宫门出发，他的正义尽收眼底——重大的死刑判决都在宫门前进行。门内有专供行刑者的洗手池，名为"刽子手之泉"，而门外两侧的凹壁处，直到19世纪仍在展示死刑犯的人头。

以帝王之门为起点，苏丹的意志向帝国的四面八方延展。与完全由穆斯林组成的宗教体系以及由多族群构成的社会自治体系相匹配，苏丹在全国建立了一个以奴隶为主体的行政体系。毫无疑问，这个体系也属于新基调与新原则的一部分。一个威尼斯使节写道："苏丹的廷臣、各级政府的行政官员和常备军，以及大量正在培训的、日后可以成为前三者的年轻人都不是穆斯林出身，而是来自基督教家庭，或者是基督徒的孩子。"在这个庞大的帝国里，他们是发号施令的人，但他们又都以自己是"伟大主人的奴隶"而感到骄傲。另一个西方人也观察到，不管是伊斯坦布尔还是别的地方，他没有见过也没有听说过土生土长的土耳其人担任帕夏。"相反，这些帕夏都是通过绑架俘获等手段成为土耳其人的。"此后，帝国的36任大维齐尔，其中34任都是改宗的穆斯林，本是阿尔巴尼亚人、塞尔维亚人、保加利亚人和希腊人。一些历史学家认为，这种政治里包含着仁慈与宽容，对此我难以确定。我飞快地联想起帕慕克的《白色城堡》，小说的主角就是一个被奥斯曼帝国俘获的威尼斯人。这是一个平淡无奇的自由人沦为享尽荣华富贵的奴隶，复又从温柔梦乡中逃离的故事。

在穆罕默德二世确立的新基调与新原则中，最著名也最可怖的是一道法令："经大多数法学家的认可，我的任何一个儿子，如果蒙神恩赐而继承苏丹大位，都有权为了国家的福祉处死他的兄弟。"这条残暴到匪夷所思的"弑亲法"（Fratricide）并非天外来物。在此之前，苏丹们的双手已经沾满至亲的鲜血。首任苏丹穆拉

后宫位于托普卡帕宫的西北侧,从这里可以眺望金角湾。所谓金角湾,其实是博斯普鲁斯海峡的一个分岔,从这里,马尔马拉海深入欧洲大陆,形成了一条天然的细长水道。从前金角湾是君士坦丁堡的屏障,也是奥斯曼帝国的海军基地。不过,后宫中的人几乎没有眺望海湾的机会。

德一世（Murad Ⅰ）挖掉儿子的双眼再将其斩首，巴耶济德一世（Bayezid Ⅰ）杀死了兄弟，而"征服者"本人即位的第一件事就是溺死尚在襁褓的亲人，他只是把野蛮的传统诉诸法律。

在帝国的政治中，或者说在苏丹的脑袋里，宽容与残暴没有什么矛盾可言。他们可以让一个人一天之内由面包师升任大维齐尔；他们时常微服出访，享受与民同乐的雅趣，倘若百姓认出他来，他则毫不犹豫地杀人灭口；他们会给统领一方的帕夏写非常文雅的书信："鉴于某个原因，汝必须得死。朕谨希望，汝将汝头呈交给朕的信使带回。"接到这样的书信，久攻维也纳而不下的大维齐尔卡拉·穆斯塔法（Kara Mustafa）轻声问信使："我必须死吗？遵命。"被弓弦勒死之前，他洗了手，伸长脖子，只对刽子手叮嘱了一句："勿忘正确地打结。"

用弓弦杀人也是游牧部落的传统。穆拉德一世遇刺身亡，继承大统的长子巴耶济德一世下达的第一道命令就是用弓弦勒死亲弟弟雅库布（Yakub），尽管兄弟二人不久前还在疆场上并肩作战；弑亲法颁布之后，塞利姆一世（Selim Ⅰ）用弓弦勒死了两位兄长、五个侄子，最小的只有五岁；躲在屏风后面的苏莱曼一世（Sulayman Ⅰ）严密监视聋哑仆役对穆斯塔法皇子的袭击，直到这个英武的儿子倒地不起，最终被弓弦勒毙；1595年，穆罕默德三世（Mehmed Ⅲ）的19个兄弟以及数目不详的姊妹和嫔妃在他登基的同一天被下令杀掉，大多数都是被弓弦勒死的。其中，女性死者缝入麻袋，从托普卡帕宫的城墙上扔进大海；而男性死者则受到"优待"，他们盛在饰有头巾和羽毛的棺椁中，用马车驮出帝王之门，隆重地埋在他们的父王身边。我不知道宫门的暗阁在当时还有没有监视的作用，对于我这样的普通人来说，从苏丹之眼中迸发的权力欲是最难理解的激情。

在土耳其游历了半个多月后，一天深夜，我再度经过托普卡帕宫，发现军警们扩大了警戒范围。尽管宫门前没有什么游人，他们还是在那片区域的两头设置了临时岗亭，偶有驶过的出租车也被要求迅速离去。不过，宫门对面的夹竹桃树下，却一字排开停着七八辆看起来很高级的轿车，影影绰绰还有几位衣着考究的司机在轻声交谈,而这块地方原本是禁止任何车辆进入的。再仔细一看,从前在深夜紧闭的帝王之门半开着,透出明亮而闪烁的灯光。时值斋月,帝国虽已覆灭,但在某些特定情形下,托普卡帕宫也许仍然是权力游戏的演出空间吧?

伊斯坦布尔的狗

西门媚 文

到伊斯坦布尔的第一天，转了一圈，吃了晚饭，往酒店走。我们的酒店就在圣索菲亚大教堂和托普卡帕宫的附近。天已经擦黑，四下安静，几乎没有人。

古老的建筑在灯光和深色的天空下，显得更加神秘而迷人。

在托普卡帕宫门外的艾哈迈德三世喷泉那儿，我忽然看到有四五只大狗。

这些狗很大的个头，没人看管。它们趴在广场上或道路中间，静静地看着我们，不知在琢磨什么。

我想起来了，这不就是帕慕克讲过的伊斯坦布尔的流浪狗吗？

他在好几本书里，都谈到了这些狗。

到了伊斯坦布尔，在酒店午觉醒来，推开窗户，惊讶地发现窗户外就是托普卡帕老皇宫的宫墙。宫墙如此之近，和我们的房间只隔了一条小街。宫墙上的墙垛和瞭望孔都历历在目。住在老皇宫的隔壁，必须马上拿起 iPad，画一张速写。越过宫墙，能看到苍郁的树木，往更远处望去，还能看到博斯普鲁斯海峡。我们的酒店位于高处，但远望大海，大海竟似隆起。

《伊斯坦布尔：一座城市的记忆》里，帕慕克写道："一群群的狗，19世纪每个路过伊斯坦布尔的西方旅人都会提及，从拉马丁和奈瓦尔到马克·吐温，这些狗群持续为城里的街道增添戏剧感。它们看起来如出一辙，相同的皮毛颜色，没有适当的字眼可以形容——某种界于灰白和木炭之间的颜色，也就是没有一点色彩。它们是市政府的一大忧患：军方发动一场政变时，将领迟早都要指出狗造成的威胁；政府和学校一次次发起运动，驱逐街上的狗，但它们依然在城里东逃西窜。它们虽然可怕，团结一致向政府挑衅，我却不得不可怜这些疯狂迷失的生灵依然死守着它们的旧地盘。"

我曾以为帕慕克讲的流浪狗是很久远的事情，当它们出现在眼前，书里的那些描述一下子就跳进在我的脑海。

面前的这些狗完全是帕慕克描述的样子，这种浅黄灰、浅白灰、浅褐灰间杂的颜色，帕慕克把它们形容成界于灰白和木炭之间的颜色。

在帕慕克的描述中，显然，他很不喜欢这些狗，甚至这些狗给他造成了困扰。

我想起他在长篇小说《我脑袋里的怪东西》里，也有一个故事是讲游荡在伊斯坦布尔的狗群。小说主人公是一个游走街巷卖钵扎的小贩，他夜里叫卖送货的时候，一大敌人就是狗群。狗群会尾随跟踪、威胁恐吓孤独的小贩。这些狗会嗅出恐惧，它们知道谁在害怕它们。

想到这个故事，我对眼前的狗紧张起来。有两只狗起身了，它们在夜色里走了几步，然后站着，望向我们。为什么在这城市的旅游中心，还有这些大狗。我很不解。

我的同伴对狗挺感兴趣，大声地跟狗打着招呼，完全不知道我的复杂心思。

第二天一早，我们又路过这里。游人还没来，博物馆也都还没开门。这里仍旧安静，清晨微雨里的老教堂老皇宫，有一种凄清宁静的美。

大狗们仍然在这里趴着。因为天亮了，我走近一些看它们，跟昨天夜里的感觉很不相同。它们的眼神既温顺又漠然，细雨把它们的皮毛打湿了，可它们完全不介意。我留意到一个神奇的东西，在它们的一只耳朵上，

伊斯坦布尔居民很喜欢这些街头的狗。帕慕克的纯真博物馆里,有一个专门的展柜就是各种小狗玩偶摆件。这既是来自他小说里的一个情节——男主人公从欧洲旅行带回的小狗摆设,也是他意识到伊斯坦布尔居民对狗的特殊情感。他在《纯真物件》一书里说到一个有意味的现象:这些小狗摆件都产自国外,伊斯坦布尔的居民并不喜欢驯服的家狗,反而更喜欢满身污泥、肮脏、寒酸的街狗。一位意大利作家1877年描写伊斯坦布尔的狗时就分析过东西方的不同:在东方,你会让狗占据大街小巷;而在西方,你会让驯养的狗住在家里。

纯真博物馆里一个关于街头流浪狗的装置,背景画着小说女主人公芙颂的家。在这个作品里,狗既像守护者,又像追随者。也许还代表着男主人公的守望。在这个博物馆里,关于狗的作品还有好几个。

都有一个绿色的圆东西,像个大纽扣。

原来,这些流浪狗并不是没有管理的。这些"纽扣"就是它们的身份证,从外形看,可能还带有芯片,甚至定位装置。

知道这是有管理的,是安全的,狗狗不会攻击人,再看它们的心情就不一样了。我们前后在伊斯坦布尔待了八九天,每天路过这里,都要看看狗狗们在干啥,大声地跟它们打招呼。

白天这里游客非常多,旅行团的大巴就停在附近。每当大巴一停,就有导游举着小旗或者用小棍顶着个醒目的标志,领着一队队花花绿绿、叽叽喳喳的游客从车上下来。整个小广场变得非常热闹。

狗狗们估计也嫌太吵,白天它们一般会转移到旁边一个半关的大门里,或者到花台里,在花丛的掩蔽下,啥也不干地歇着。它们把地盘让给游客,傍晚再出来溜达。它们是安静的狗。我们就住在旁边,早晚都能听到游客的声音,但没怎么听过狗狗的叫声。

它们有帕慕克描述的外貌,但行为方式完全不同。既不到处游走争夺地盘,也不恐吓路人;相反,它们礼貌地保持距离，还挺爱干净，我没有在路上看到狗屎。

在整个伊斯坦布尔，我们随时会看到街边有这样的流浪狗，安静，干净，心平气和地闲待着。也许，叫它们流浪狗是不确切的，它们并未流浪，只是身份自由的狗。

我知道有人在喂它们，也明白它们是做了手术的，数目应该是准确可控的。伊斯坦布尔的人很爱猫和狗，但因为这遍街无主的狗，反而自己养狗的很少。偶尔在街上遇到一两只态度嚣张的狗，仔细一看，都是有主人牵着的。

我在新闻里看过，天气恶劣的冬天，伊斯坦布尔有的人会打开自己的店铺，让猫狗进来取暖取食。

帕慕克讲述的那种群狗成灾的状况，到眼前的这种状况，中间应该有几十年的时间。我查阅资料，没找到这些年伊斯坦布尔人是怎么完成这个转变的，怎么让狗狗和人能融洽相待、共享一座城市。其中，不只是相处的技巧与管理的技术，更重要的是文明的进步。

在恰纳卡莱的澳新军团湾,看过战争遗迹和阵亡者墓之后沿海湾步行,四五公里几无人迹,让人感觉似乎已经迷路。这一路看到许多动物,海鸟、乌龟等,最有趣的还是这里的狗,就像护卫一样。远远地、友善地为我们带路,走了很长一段,交给另一群狗,接着带路。它们脖子上戴了项圈,看来并不是野狗,而真是护卫。

花园里，正在移栽当季的玫瑰，好多处都在开挖。我们熟悉的这几只狗狗，天天看着这些，估计觉得挖泥很好玩。一天中午，我看见两只狗狗在花台里正在努力刨着泥土。这简直像猫的行为。我停下来看它们要干些啥，就看到它俩各挖了一个坑，后半身趴进去，前爪搭在外面，在花荫下，看着来来往往的游客，表情十分享受和得意。

这一幕，实在让我忍俊不禁，走了好远还在回想。五月下旬，圣索菲亚大教堂外的玫瑰正在盛放；花台里，除了两只聪明又贪玩的狗，就是艳红的玫瑰。

野猫、渡鸦和海鸥

西门媚 文

清晨的阳光照进玻璃房，坐在窗边，就能看见近处的托普卡帕宫的宫墙和墙内的大树，远眺还能看见大海。

这是我们所住客栈的自助餐厅，食物丰盛美好，环境更是得天独厚。我们每天早上都在这儿吃早餐，喝茶，消磨好长时间。

熟悉了，就发现这里每天都有一个特别的"节目"。主要表演者是几只渡鸦。

渡鸦这种鸟，我是到伊斯坦布尔才认识的。它的样子有点像乌鸦，但个头更大。有着漆黑的背部，起飞灵活，落下后时常东张相望，机警又聪明的样子。

我们最初发现这几只渡鸦，是因为它已经落在了餐厅外面的桌子上。

因为雨多,我们喜欢坐在餐厅里面的落地玻璃窗旁,不去坐外面一排露天的位子,但外面那座位显然更加漂亮有情调。

有的人端着早餐直接坐到外面,当他们起身去拿更多食物的时候,他们的桌上往往就会多出来一位客人:渡鸦。

那黑得发亮的大鸟,扑着翅膀降落下来,张开尖嘴,叼起食物。香肠、鸡蛋,是它们的优选次序。

它们的嘴挺大,比嘴更大的是心。

它扑向香肠,叼起一只,然后加把劲,再叼一只,这才起飞。

没有香肠,它就冲向鸡蛋,叼起一只,心有不甘,想叼第二只,无奈嘴里装不下了,第二只鸡蛋被这一啄,滚落到地上,这才匆匆起飞。

来自外国的游客端着食物回到座位上,往往不明白发生了什么,偏着头看看桌上,只是觉得,好像有哪里不对。

我们在窗里看过几出以后,不禁生起了共谋之心。

渡鸦，是一种全身黑色的大型雀形目鸦属鸟类，在鸟类中属于脑部最大的一类，被认为是相当聪明的鸟。土耳其很多地方都可以见到它的身影，跟人们的生活离得很近。此行我们还见到了许多其他有意思的大型鸟类，比如高空的鹰，在烟囱顶上筑巢的鹳鸟，在古迹里漫步的孔雀。

渡鸦在对面树顶观望这边，有时以为客人进去了，飞过来，发现客人还在，只好讪讪地盘旋一下，折飞回去。

有时，一桌客人走了，但餐盘还没收，旁边其他座位的客人却总是不离开。渡鸦等不耐烦，就大胆过来，帮忙收拾。

有一次，桌上还剩下一碗意面，两只渡鸦大喜，一起飞过来，谁知来了一只海鸥。不比较不知道，海鸥的个头比渡鸦大多了。平时看着它洁白无辜的样子，这时才知道它的厉害。海鸥开始一根根地吸食面条，好不得意。渡鸦十分羡慕，往这边凑凑，海鸥马上强悍地把它俩赶走。动静大起来了，餐厅的服务员这才发现，赶紧出来收拾桌子。

服务员并不特意驱赶渡鸦和海鸥。有时，客人离开露台到餐厅取食物，服务员就会到露台桌边站着，鸟就不过来。但有渡鸦不顾邻桌有人，也来候着，客人觉得困扰了，服务员就来干涉一下。

服务员的驱赶方法很有意思，拿个小喷水壶，对着渡鸦滋水。渡鸦就往边上让一让，飞高两三米，到屋顶上待着。

这个法子，我后来在棉花堡的客栈里也看到过，只是对象变成了流浪猫。也是早餐的时候，猫围着我们讨吃的，我们与猫儿互动，给它吃的，抚摸它，跟它说话。但有时猫儿忘形起来，会攀上餐桌。客栈老板也是拿个小小的喷壶，对猫儿滋水。猫儿便淘气地叫着，轻快地扭身躲开。

这可能是我见过的世界上最温柔的驱赶动物的法子了，比口头吆喝还要温柔十倍，仿佛对待调皮的幼儿，假装在管束，透露的全是宠溺之心。

据说，冬天，伊斯坦布尔的好多灌木上会被人插上面包干，那是给鸟儿过冬的粮食。我猜想，在客栈餐厅里，如果没有外地客人，服务员和老板才舍不得对着这些鸟儿猫儿滋水呢。

土耳其人跟动物的关系实在太好，特别是对猫。野猫就像所有建筑的主人。

在伊斯坦布尔或者我们到达的其他城市，猫随处可见。这些猫自由自在，在街角、墙上、躺椅上、窗边，给人印象最深的还是各种博物馆和古迹里的猫。

第一次看见这情形，就是在圣索菲亚大教堂。古老

不论是小街还是古迹公园或者博物馆与酒店,都能见到猫的身影。在伊斯坦布尔街头,我留意到很多店家门口,有一个小小的标记,画着猫和狗的形象。这个标记都放得很低矮,明显是给猫和狗看的,欢迎它们。

宏伟的教堂里，人影幢幢，所有人都在仰头观看、拍照、赞叹。这时，我看见一只黑猫，悠闲地在这里溜达漫步，如入无人之境。

出了教堂，更是发现花园的雕塑边，残垣断壁里，到处都是猫。有的在嬉戏，有的在酣睡。凝视那些古老遗迹里的猫，忍不住觉得，它们要么是考古学家附体，要么是古老灵魂转世。

当博物馆关闭，从围墙外，仍能看到猫儿在里面自在玩耍。它们才是这里真正的主人。

稍一留意，就会在街头巷尾发现投喂猫粮的装置，简单有效，样子各不相同，一看就明白，是居民们自己做的。

关于土耳其人喜欢猫，分析有很多。有人从宗教角度分析，有人从历史角度分析，有人从卫生角度分析。都有道理，但我亲眼看到的比所有分析都更加鲜活。

土耳其人真是友善，他们不只对猫如此，就如前面我发现的，他们对其他动物也是如此。上海的邓金明教授告诉我，他正翻译帕慕克的《纯真物件》，里面专门谈到伊斯坦布尔的流浪狗：

历史学家和西方评论家经常能注意到,流浪狗是最能抵制伊斯坦布尔西化的群体。从十六世纪以来,城市的街区一到晚上就会被街头流浪狗占领。伊斯坦布尔居民真的很喜欢这些狗,它们既是夜间的卫士,也是街道清洁工,因为它们喜欢吃垃圾。这种爱不是源于宗教的原因,而是来自日常生活中人们与街头流浪狗一起生存所造就的亲密。十九世纪,当西方城市为了提高卫生和健康水平而驱逐流浪狗时,追求西化和现代化的奥斯曼苏丹们也在伊斯坦布尔如法炮制。为了实现军队的现代化而不惜杀掉成千上万士兵的马哈茂德二世(1808—1839),曾经计划把狗赶出伊斯坦布尔,结果并没有成功。在阿卜杜拉齐兹统治期间(1861—1876)以及1908年,街上的流浪狗遭到无情追捕,被流放到西弗里亚达的一个小岛上。但就像那些现代化改革举措一样,这个计划最终也失败了,因为公众呼吁让流浪狗回来。

帕慕克在土耳其长大,他体会到的是狗与人们生活的密切关系。但我作为一个外来者,更能从土耳其人与动物相处的方式中,观察到这个民族的慷慨与热情。

不只是对待动物,这种态度与性格,也体现在他们的生活中,体现在对待他人的方式上。

寻找帕慕克

西门媚 文

上了有轨电车，有两个空位，我坐下，对面还有两位坐着的乘客，我点头微笑。这是我到土耳其转悠了五六个城市后养成的习惯。

在热情的土耳其人的带动下，我们走在街上，总是和陌生人打招呼，颔首致意。

"曼罕巴！曼罕巴！"这是土耳其语的问好，也变成了我们的口头语。

但此刻在电车上，我的微笑被一张麻木的脸冰冷地反弹回来。对面的女子，给了我一个冷眼冷脸。我仔细一看，对面这位穿连身黑裙的女子，并不是土耳其人，是位祖国的同胞嘛。

这女子三十多岁，无袖黑裙让她显得更加高壮，大长饼脸,有点像女版小沈阳。脸刷得很白,画了细弯的眉毛和浓重的眼线,粘了假睫毛,点了一个日本艺妓样的圆圆小红唇。估计这是她想象的外国人认为的东方美人。

旁边的小伙子是土耳其人,腮帮子刮得青青的,二十出头。他侧向女子,急切地想向她解释,但语言不通。他们靠手机翻译软件交流,很不顺畅。女子不停地翻白眼,不时发出大声的叹气声、嘘声,以示不满。

男子很困惑,不知错在哪里。

女子拿出厚厚的一本书,花花绿绿的。我一看乐了。这是帕慕克的《纯真博物馆》中文版,2010年刚出来时我就写过书评。这本书就是拿掉书皮我也认得。

女子给男子看书,男子不认得。她烦躁地翻书,翻到中间画有一个圆圈的一页,握着右手,重重地向书上按去。男子还是不明白。我懂了,她是想说,她要去纯真博物馆,那里有一个盖章的地方,她要去在这页盖一个。

看女子一脸的不耐烦,我都疑心是不是她雇用了他,但看她的精心打扮,应该是为了讨好对方的,男青年惶惑又殷勤的表情,也像是冲着异国情缘去的。

我不知他们是怎么约上的,也许是网络,也许是偶遇。

我们到站了,朝男青年微笑道别,他也急忙回复微笑。

他还年轻,有很多学习试错的时间。

也许到伊斯坦布尔的中国人,多半都会去纯真博物馆吧。帕慕克在中国人心中,绝对是伊斯坦布尔乃至整个土耳其的代言人。

虽然这位中国女子的白眼冷脸和长吁短叹欠缺修养,但她的心情我能理解,就是她没料到,一位土耳其青年居然不知道纯真博物馆。因为书的内文虽然是中文,但封面上用土耳其文印着书名和作者名。

其实在土耳其的这一小段时间,我发现这里的人相当喜欢读书。

在恰纳卡莱市,我们住在闹市,楼下就是一条遍布咖啡馆、茶馆和酒吧的小街,同这些店铺一样多的,是书店。这些书店漂亮又有内涵,如果以中国的标准,应该都算是文艺书店。书店里的书以文学、文化类为主,而不像国内常见的普通小书店，多以儿童、青少年教育为主题，或者以盗版书为主题，再或者以生活书籍为主题。国内现在也新开了些文艺书店，但多数是打着书店的名头卖各类"文创"产品，书店接近半壁江山都是货架，以"文创"来养活书店。

土耳其的这些文艺书店，只在进门处或者收银处有一小块卖书签或者明信片的地方，其他显要的好位置都是让给书的。这说明书店靠卖书是能生存下去的，土耳其人喜欢读书，也愿意买书。

在书店，我们看到悬挂着的大幅作家肖像。有他们本国的，似乎西方的更多。除了作家像，有的还会挂上女艺术家弗里达的像。他们特别喜欢弗里达，我在服装店看到好些以弗里达头像为蓝本设计的裙子、T恤，绚丽张扬。如果不是尺码不合适，我都想买上一件。

在书店里，我专门留意却没看到帕慕克的肖像，也没看到他的书，这让我有点意外。我决心回到伊斯坦布尔继续寻找。

半个月前在伊斯坦布尔的时候，每日我们都会路过

伊斯坦布尔的大巴扎,是一个迷宫一样的大市场,店铺一间间组成甬道,四通八达,香料食品、珠宝首饰、服装织物,无所不包,游客很快就在里面迷失了。我们最喜欢的还是这里的旧书店。同行的诗人钟鸣在这里买到了著名摄影家阿拉·古勒(Ara Güler)的作品集。他的作品生动地记录了伊斯坦布尔几十年的细节与变迁,被称为"伊斯坦布尔之眼",对帕慕克和"纯真博物馆"都有着很深的影响。

圣索菲亚大教堂。大教堂之外，正在修一个临时建筑。一个个金属架子搭起来，每天都在延展扩大。我们每天看着那些变化，不停地猜测这是在做什么。也许是搭个夜市，也许是展销台？斋月快到了，难道是夜晚的小吃集市？我们按照国内的经验来猜测。

从恰纳卡莱回到伊斯坦布尔的第一晚，我们就惊讶地发现，那些临时的架子已经完全变了样，穿上了漂亮的外套，外套上喷绘了古旧的砖石和窗户。大门还用泡沫雕出了罗马廊柱，几乎乱真。不仔细看根本感觉不到这是个新搭的临时建筑，它很好地融入了周围这些老建筑里。

进入里面，更是惊喜。它是一个大型文化图书展。

书展内容很丰富，有大量给儿童和家长的，也有与宗教相关的，有通俗文化的，当然也有文艺的。我们还碰上了一个作家讲座。一位中年男作家正在侃侃而谈，下面坐满了成年读者，听得很认真。可惜我完全听不懂，只能从他们的表情猜测，这是他们很喜欢的一位严肃作家。

但在这个书展，我还是没看到帕慕克的书。

我知道,很多书展会着重新书,但帕慕克也有新书啊。中国出版了帕慕克的一本小说《红发女人》,书上印的都是西方对这本书的评价,却没有土耳其的。当然,这可能也有出版推广的原因,出版方觉得并以为读者也会觉得,西方人的看法才是重要的。

从书展出来,我认真看了展馆的正门,上面用土耳其语写着"第37届图书文化博览会/斋月/伊斯坦布尔"。

我知道我的旅程很有限,可能在书店里看漏了许多。但在我之前的想象里,帕慕克应该是伊斯坦布尔的骄傲,应该到处都是他的影子。

回到家里,我重新翻看了中文版的《纯真博物馆》,翻到了那位中国女子翻开的那一页,上面画着一个长方形,中间是圆圈。上面的文字说,这是纯真博物馆给读者的特制门票。

初读这本小说的时候,纯真博物馆还没修建,所以,我完全不记得这个梗。但即使记得,我也不会带着这本书去伊斯坦布尔。近600页的书,背着也太累赘了。

这样一想，又觉得那对男女的状态有些意思。帕慕克2006年获得诺贝尔文学奖，而那位土耳其男青年现在也才二十多岁，2006年他才十几岁，可能真不知道。《纯真博物馆》2010年在中国第一次出版。想必这位女士当时正是二十几岁年纪，小说里细腻感伤的爱情一定让她深受感动，这才以这本书为指南，几年后来赴这一场与伊斯坦布尔的约会。只可惜，她不明白她最后错失了什么。就如《纯真博物馆》并不只是在谈爱情，更主要是讲述伊斯坦布尔人，他们的观念、情感、生活在几十年里的变迁。

土耳其之行,有一点给我印象非常深刻,就是洁净。城市乡村,大街小巷,饭馆酒店,只要是当地人所在的地方,都相当干净。我们唯一觉得卫生状况稍差的一次体验,是在一家希腊人经营的客栈。在伊斯坦布尔,我们曾深入一个贫民区,有的房屋已经朽坏,有的修筑得相当简陋,有的已经没有人居住。这些房子让我一下想起了帕慕克的小说《我脑袋里的怪东西》里的一夜屋。所谓一夜屋,即一晚上就修起来的房子。20世纪60年代,外省人到伊斯坦布尔谋生,在山坡上占地修房扎根,后来那些片区就成了贫民区。现在我们所见的贫民区也是相当干净,居住的人不多,有的已经出租给叙利亚难民,但居民友好和善,我们一边走路,一边跟当地人相互致意。

纯真记

西门媚 文

伊斯坦布尔的一条普通小街,暗红的一幢三层民居,漂亮地站在街角。

土耳其有很多民间建筑都有出色的外表,色彩明丽,又跟周围环境和谐相融。土耳其人的色彩感相当好。

但我还是觉得这幢小楼更加特别。可能有一部分心理原因吧,因为它是大名鼎鼎的纯真博物馆。

我们在土耳其游荡了半圈,待了六个风格各异的城市,之后才来到纯真博物馆。这里,其实是我来土耳其之前,很早就打算来的。

2010年读到帕慕克的小说《纯真博物馆》,有种讶异的喜悦。作品叙述绵密,明亮又忧伤,不单谈爱情,更谈理想中的人的样子。我当时为此书写了篇评论，叫《大作家什么时候开始谈论爱情》。2012年，得知帕慕克真的做了一个"纯真博物馆"，觉得很有趣，他把文学实体化了，伊斯坦布尔对我来说便有了一个明确的想访问的地方。

但是，我是一个偏宅的人，总是忍不住反思旅行的意义。别人喜欢的地方，我总是腹诽和怀疑，怀疑一切旅游打卡之地。当一个地方的服务对象是旅游者，就免不了媚俗。

总之，我既抱着对文学作品的好感、对帕慕克的佩服，又抱着对旅游打卡地的疑虑，心情复杂地来看纯真博物馆。这也是我为什么游荡了半个土耳其才到这里的原因。

一个小小的窗口在售票，门票30里拉。售票人卖完票，才打开门。门不大，像普通的民居住宅。

之前，我看到网上的一个说法，参观纯真博物馆要预约，不然很可能不开门。看来并非如此，但游客不多倒是真的。

30里拉的门票，也许是一个因素。

我在伊斯坦布尔加拉塔区的一条小街楚库尔主麻街。这个街区是帕慕克从小熟悉的地方,现在仍是他每日会路过的地方。远处的红楼即为纯真博物馆。博物馆选址于此,是因为他对这些街道怀有深深的依恋,想参与这些地方的日常生活。现在,走在这样的街道上,小说场景一幕幕浮现眼前,变得立体起来。

纯真博物馆是一幢优雅又漂亮的小楼，跟这条老街上的建筑既相融，又出挑。小楼于1897年建成，1999年夏天帕慕克买下了它，那时，这幢小楼已经相当破败。他开始实施他的梦想，做一个小型博物馆，并写一部同名小说，讲述伊斯坦布尔这几十年的生活。

在土耳其，这个门票算是偏高的了。我们转悠的这半个月，参观了很多博物馆，好些装满了古希腊、古罗马宝贝的博物馆都是免费的，有的也就一二十元的门票。

但纯真博物馆装的东西是不一样的。

一楼最醒目的是一面墙的烟头。歪歪扭扭的烟头，一颗颗地整齐排列着，每颗烟蒂上还隐约看得见口红印，下面用小字写着说明。《纯真博物馆》小说里的情节，一下子出现在我眼前。

帕慕克在小说里用了一整章来谈烟头，标题就叫《4213个烟头》。小说的男主人公，默默地爱着女主人公，收集所有与之相关的物品，其中一项藏品，就是花了八年时间收集的女主人公遗下的4213个烟头。每个烟头都承载过一种情绪。把玩每个烟头，从扭曲的方式、沾染的唇印、浸过的唾液，男主人公都能回溯到与女主人公相处的那个时刻。

小说的这一部分，曾给我留下相当强烈的印象。我当时想，这样写既让人叫绝，也完全能看出作者在骄傲地炫技：连烟头都可以写上整整一章。

现在，在纯真博物馆，首先遭遇的就是这个作品。不用数我也知道，这里排列的烟头也一定对应了小说，是4213个。当这不起眼的小物品数量浩大又整齐地排列到一起时，观众从中感受到的是时间的绵延与情感的澎湃。

这种以小集大的手法，是当代装置艺术常见的。既有"一沙一世界，一花一天堂"之意，又利用密恐心理，造成强烈的视觉冲击。

从中间的旋转楼梯上到二楼，就置身在大量的装置作品之中。

是的，与其说这些是展览品，不如说都是装置作品。四周的墙上，甚至楼梯的栏杆上，都精心布置、摆放了各种物品，一组作品跟另一组作品之间有明确的区分。

小说分为83章，这里的作品也是83件。

如果留意，就能发现这一组组作品跟小说的映照关系。

有的作品一眼就能判断。比如，有一组作品是许多小狗玩偶。小说里讲过，男主人公在女主人公嫁给他人之后仍长期单恋，逗留在女主人公家中，在那里看电视。他经常带来小狗玩偶，摆放在电视机前，又常常把这些小狗偷偷拿回收藏，再换新的玩偶来。

有的作品更像是暗中的关联。比如很多作品都运用到这些元素：土耳其的特制面点"米芝"，造型别致的土耳其细腰茶杯，有明确时代特征的发夹胸针，等等。

这些特定的土耳其元素，被相当聪明地组合起来。

背景有些是帕慕克手绘的水彩画，有些是伊斯坦布尔的老照片和海报，也有的是短片。甚至有的是装置作品，加入声光电元素，成为相当有诗意的动态作品。冉冉升起的明月透过百叶窗，洒下清晖，海边的窗口，纱帘被海风吹动，静静聆听，还可以听到潮汐起落。

整栋小楼就是一个大作品。

帕慕克少年时学画，青年时学建筑，现在这个博物馆，让他的各项才能都得到了充分发挥。这个博物馆，更准确地说应该叫艺术馆，是一个完整而前卫的综合艺术体。这些作品的最终呈现，肯定还有其他建筑师或艺术家相助，但基本的构想、设计的主力，应该是帕慕克本人。在展览的后半部分，有一面墙用来展示帕慕克的设计手稿。

我认为,这样的综合艺术体在全世界都是唯一的。因为就算有卓越的艺术家可以完成这么大体量的作品,却难有能力同时用一部长篇小说与这个作品相呼应,形成一种互文关系。

从这些展品,可以联想到小说的每个细节;从小说的细节,又延伸出可以亲历的场景。

帕慕克曾说,他最先有了一些收藏,然后才开始构思这部小说,小说完成后,又继续博物馆的建设。

这些收藏品,多数是伊斯坦布尔人这几十年的普通生活用品,并不具备多少文物价值,但它们凝聚的却是一座城市几十年的时光与记忆。

由此,我想到了帕慕克的另外几部作品——自传《伊斯坦布尔:一座城市的记忆》、长篇小说《我脑袋里的怪东西》等。作家也通过这些作品,讲述他心目中的伊斯坦布尔,讲述这座城市几十年的变化。以至于眼前的这些展品,既是呼应《纯真博物馆》,同时也在呼应他的另外几部作品。

我还联想起这几部作品的一些暗暗关联的线索。比如，在《伊斯坦布尔》里，曾讲到少年时的他，找到一处单独堆放杂物的旧屋，在那里与恋人幽会。《纯真博物馆》里的男主人公也是如此。在爱情受阻时，少年帕慕克曾设想带恋人私奔，而《我脑袋里的怪东西》里的男主人公实施了这个计划。

有了这些联想，我在纯真博物馆里看到的展品就远远超过了这部同名小说本身，帕慕克在用他的博物馆，用他的文学，讲述同一个对象——伊斯坦布尔。

帕慕克谈到《纯真博物馆》时说："这是我最柔情的小说，是对众生显示出最大敬意和耐心的一部。"从这句话里也能知道，他表面上在讲爱情，背后则是作家对一座城市以及众生的凝望，是这里的生死爱欲，乃至时代变迁与观念更替。

在帝国的余晖中

西闪 文

夕阳斜照松林，游人渐渐稀少，从阴冷潮湿的托普卡帕后宫出来，有种重返阳间的感觉。如我所知，那里的确是令人不适的居所，是太后、嫔妃、宦官以及未成年的皇子们的宿命之地。然而唯有置身其中，方能真切感受到那种摆脱不了的深入骨髓的寒意。如今，在大大小小的房间里，在死气沉沉的壁炉旁，在镶金缀银的桌椅前，摆放着他们的人偶。而在真实存在过的世界里，他们则是那些被弓弦勒死的人，被装进麻袋扔进大海的人，被施以宫刑的人，被掳掠被戕害被遗忘的人。

在东亚，皇室与官宦贵族的家庭联姻，是江山稳固的一种策略，故而后宫可以看作政治的一部分。这里不一样，它就是单纯的禁地，是除了苏丹这个主人，不容任何健全成年男子染指的私域。而后宫中的女性都是通过劫掠和买卖获取的奴隶，原本的身份、血统以及姓氏都遭到刻意隐瞒。大多数人的命运都很悲惨，除非产下的皇子承继大统，否则就算得以善终，也无异于终身囚禁。

时人对后宫有一种病态的羡慕，以此满足妻妾成群的迷梦。安格尔的绘画，莫扎特的歌剧，无不折射类似的荒唐想象。不过，从统治的角度看，后宫本身并不荒唐，它的逻辑与帝国的逻辑别无二致。把后宫隔离在政治之外，究其根本是权力意志体现的极端排他性与极端占有欲。在苏丹看来，宝座不受威胁的秘诀就是不与任何人分享哪怕一丝一毫的权力。为此必须让身边的人彻底斩断外部联系，变成自己的私有物。而一旦这些人可能造成威胁，那就毫不犹豫地悉数除掉。

离开后宫往右出了崇敬门，我们注意到一个不起眼的侧门，一条向下的小路在夕阳中熠熠生辉，不知通向哪里，走近才发现门后有军警把守。其中一位高大魁梧，端着冲锋枪从低矮的木质岗亭里钻出来，一脸严肃地询问我们去哪儿。可是当我们在脑袋里准备答词的时

在托普卡帕宫的建筑群中,再没有哪一处像"后宫"这般令人不适了。在这里,即便正午的阳光也照不到地面,屋内更是阴暗潮湿。莫扎特曾经写过一部名为《后宫诱逃》的歌剧,其间洋溢着男女青年的欢快与机智,还有奥斯曼苏丹的宽宏大量,可惜全是浪漫的想象。

候,他却相当敷衍地用低垂的枪管冲我们摆了摆,意思是放行。再看另外两名军警,站姿随便,一副神思恍惚的样子。要知道,哪怕在倾覆之际,敌人对帝国的军队都抱有一份尊敬,在他们看来,奥斯曼军队胜过欧洲军队的原因就在军纪。

看着军警刮得铁青的脸,还有那厌倦的眼神,我又想起了后宫。如果说后宫是女奴的鸟笼,那么军营就是男奴的牢房。事实上,后宫完全可以视为古拉姆制度的变种,而后者才是帝国的精髓。

古拉姆(Ghulam)这个词出自波斯,在阿拉伯语中本义是男孩或仆人,后用来指代伊斯兰世界的奴隶兵。早在公元7世纪,阿拉伯人就开始将征服之地的奴隶训练成兵士编入军队。在统治者看来,奴隶兵无牵无挂,没有身份、血统和族群的依凭,故而可以确保他们对自己的绝对忠诚。

到了公元9世纪阿拔斯王朝,奴隶兵取代传统军人成为统治者的亲兵,继而扩充成为军队中坚。由此,这种特殊的征兵方式也就演变成正式的军事制度,后世学者称之为"古拉姆制度"(Ghulam System)。

对于视对外征战为基本国策的奥斯曼帝国而言,古拉姆不仅是军事制度,更是核心的政治原则。某种程度上这个国家就是它的产物。奥斯曼人本是一支操突厥语的草原部落,像中亚大大小小的游牧族群一样,在地缘政治的压力下由东向西迁徙。一路上大家你推我搡,既相互冲撞,也彼此融合。起初,裹挟在洪流之中的奥斯曼人几乎无人听闻,而他们登上历史舞台的时候身份也相当模糊,也许是塞尔柱帝国的附庸军队,也不排除沦为奴隶兵的可能。

塞尔柱帝国崩溃之后,奥斯曼人获得了自由,蜕变成征伐劫掠的准军事团体。到了14世纪初,他们有了独立的地盘,定居下来,新晋为安纳托利亚地区诸多突厥公国的一员,毗邻拜占庭。此时,他们也有了自己的古拉姆制度。不过,由于彼时奥斯曼人已经伊斯兰化,而《古兰经》严格规定穆斯林不得奴役穆斯林,故而他们的古拉姆有所变革,并且有了一个特别的名称:德夫希尔梅(Devşirme),意思是"征募"。

德夫希尔梅也被称为男孩征募制度,它还有一个惊悚的名字"血税"(Blood tax)。帝国从被征服地区的基督教居民中按每40户抽一人的比例遴选7到10岁的男孩（后来年龄放宽到18岁），送到首都伊斯坦布尔，改宗伊斯兰教，接受阅读、书写和军事教育，最终经过考核，最优秀者被任命为军事和民事官员，可以升迁至总督的高位。次优者编入苏丹的近卫军，成为耶尼切里（yeniçeri，意思是"新军"）。这支奴隶部队不断扩充，穆罕默德二世的时候约有6000人，苏莱曼一世时为1.2万人，17世纪初达到3.7万人之众。

征募相当严格，品行不端者不录，相貌不正者不录，体格不健者不录，独生子不录，已从事重要经济活动者不录。训练同样严格，数年如一日，内容包括读写能力、身体素质、军事知识、战斗技能、宗教知识以及忠君思想。生活也很严格，加入近卫军的男孩终身不得婚娶，不得过奢靡生活，不得酗酒，不得违纪，以战斗为毕生事业。

如果说古拉姆与奥斯曼人征伐劫掠的传统相契合，那么德夫希尔梅更像是为苏丹一人量身定制的工具。利用这支纪律严明、骁勇善战的私人部队，帝国的对外战争颇有所向披靡之势。更重要的是，借这一批又一批训练有素的奴隶，苏丹彻底摧毁了对权位虎视眈眈的世袭贵族，把整个国家像后宫一般掌握在自己手中。

下坡路左侧的红砖圆顶建筑是神圣和平教堂，拜占庭沦陷后并入托普卡帕宫，做了近卫军的军械库。如今它有多重功能，既是博物馆又是音乐厅，每年夏天开放，承接伊斯坦布尔国际音乐节的不少演出。可惜我们来得不是时候，只能透过大门的缝隙看一看杂草丛生的庭院。

拐一个弯，道路两侧散乱地堆放着石龛、石棺、石槽和残破的石柱，底部长着青苔，多是拜占庭风格。"真是奢侈！"仅从材料的角度看，奥斯曼帝国属于西方而非东方。土木与石头象征着文明的分野，决定了遗存的短长，也对古今之人的性格和心理施加了全然不同的影响。

一想起东方与西方，脑袋里就乱麻一团。对欧洲人而言，奥斯曼帝国是令人寝食难安的东方，可在奥斯曼人的心目中，何尝没有一个难以捉摸的东方？东方一度是虚无缥缈的故乡，混杂着荣耀和屈辱。然而在西迁途中，在贸易、劫掠和征伐中，奥斯曼人忘了自己的祖先,也丢失了东方的信仰。当他们成为穆斯林,世界观也随之被重塑了。因为在伊斯兰教里,世界基本上划分为两大部分:一部分是伊斯兰之地,包括所有遵守伊斯兰律法的国家;另一部分称为战争之地,指尚未征服但必将臣服在真主脚下的地方,无问西东。

不过在真实世界里,奥斯曼人宁肯一浪接一浪地向西冲击拜占庭帝国的城墙,也不愿面对东方的铁骑。数百年来,蒙古人一直是所有突厥族群的噩梦。1402年,东方给他们的噩梦强加了最屈辱的一幕。帖木儿,自称成吉思汗家族的继承者,在安卡拉附近生擒了挑衅他的奥斯曼帝国第四任苏丹巴耶济德,安纳托利亚易主,拜占庭因此多存活了半个世纪。若不是帖木儿垂涎更远的东方——明帝国,奥斯曼人的统治难逃覆灭,未来世界必将彻底改观。

毫无疑问,这一场惨败不仅改变了奥斯曼人看待东西方的眼光,也深刻而隐秘地改变了帝国的性格。往好里说,那意味着平衡与宽容;往坏里说,则难免腹背受敌造成的首鼠两端。一位历史学家就指出,帝国走势一如钟摆,如果军队准备在西线有所动作,那么帝国就会草草结束东线的战事,甚至不惜与敌人签下代价高昂的停战协定。反之,如果东方有事,帝国也会立刻放下西方的冒险,迅速赶回来平息骚动。当欧洲人摸清了底细,就常与帝国东边的敌人联合,用开辟第二战场的法子予以牵制。

再走数十米,看见一扇紧闭的铁门,那是我们在伊斯坦布尔的重点之一:考古博物馆。余晖紧贴路面,已过参观时间,不过没关系,它在我们第二天的游览计划里。

继续往下,道路的尽头飘来一阵烘焙的味道,似乎掺杂着芝麻和麦子的烤香,仔细闻又觉得还有别的香味。走近一看,不少推着红色小车的商贩在卖一种类似甜甜圈的面包。同行者告诉我,那是"西米特"(Simit),跟土耳其红茶最搭的街头食品。那特别的香味或许来自烤过的罂粟籽,那是土耳其人常用的调味料。

看看手机里的地图,原来不觉间我们已到居尔哈内公园。居尔哈内(Gülhane),意思是花厅,原本属于托普卡帕宫的第五庭院。1839年,奥斯曼苏丹为了挽救帝国，在这里颁下"花厅御诏"，施行宪政改革，向西方靠拢，史称"坦齐马特"（Tanzimat，意为改革或重组）。此乃整个亚洲走向现代化的先声，比日本的明治维新早三十年，比清帝国的戊戌维新早六十年。若是比较它们的异同，大概很像比较西米特、甜甜圈和百吉饼的差别吧？

不想做徒劳之事，可我仍然忍不住想起了康有为。戊戌维新中，此君常以土耳其之弊比较中国。变法失败，南海先生遍游天下，1908年夏天来到伊斯坦布尔，目睹了青年土耳其党人发动的革命，写下《突厥游记》以资中国之变。孙中山蒋介石也以凯末尔自期，憧憬再造共和的美景。

从19世纪下半叶到20世纪三四十年代，中国人看待奥斯曼土耳其的心理就这么微妙。时人眼中，奥斯曼帝国是同病相怜又不无嫌弃的沦落人，是利益攸关却彼此竞争的同行者，是令人钦佩又颇有警示意味的探路人。

暮色渐浓，长袍妇人推着婴儿车在喷泉旁散步，俨然一幅洛可可风格的油画。道路右侧三男一女，四个青年坐在长椅上聊天。男的没有蓄须，很随意的夹克和牛

1912年，居尔哈内向公众开放，成为土耳其的首个公园。公园的要义在于"公"，也即公共性，它折射的是一种比"社会性"更强调平等的现代意识。从这个意义上讲，对所有人开放的公园是现代社会的象征之一。在此之前，只对特定人群开放的园林都不算完整意义上的公园，无论它们是古希腊罗马时期的苑囿还是中国自宋以降向公众定期开放的私家园林。

仔裤。女孩的装束更加时髦，一头不知是否天然的棕色卷发，艳丽的方巾围在颈上。一个小花园里，摆放着一个无脸的人偶供游客照相，体型颇像苏莱曼一世的皇后许蕾姆（Hürrem），在托普卡帕的后宫，我们看过她的画像。尽管尊贵如斯，她仍然是一个从波兰劫掠而来的女奴。

一名长须的中年男子站在一座小桥边，神情严肃，好像站在一艘战舰的船首，身后跟着一个低头不语的女子。女子黑袍及踝，黑纱蒙面，双手谦恭地放在身前，似乎随时准备为主人效命。经过的时候，我假装什么都没看见，却仍能感受到长须男子的睥睨。

我又想起19世纪末的土耳其。那时候的奥斯曼帝国对东方的态度真不好描述。与其说是轻蔑，不如说是无知和草率混合而成的漠然。少数留意到中国的奥斯曼人，心里想的也是一旦有机会，一定要效仿西方诸强，从这肮脏羸弱的国家身上割下属于自己的一块肉。这个想法在20世纪初几近实现。他们似乎已经忘了先知穆罕默德的圣训："学问虽远在中国，亦当求之。"

奥斯曼人对日本倒是非常羡慕。他们觉得这个国家的人讲卫生爱干净，注重传统，还很先进。最重要的是这个小国居然打败了宿敌俄罗斯，堪称亚洲国家的骄傲与楷模。到后来土耳其人甚至认定日本人都是非常优秀的穆斯林，只是他们自己不知道而已。

奥斯曼帝国看待中日的不同态度，很难说是原生的看法。因为这一时期的帝国以及它的继承者急于改革，急于复兴，急于向西方靠拢，很多时候他们已经丧失了自主的眼光，借助的无非西方人的视角。

有趣的是，日本人却不掩饰他们对土耳其的轻蔑。尤其在赢得日俄战争之后，日本自以为已是西方列强的一员，更加瞧不起濒临绝境的奥斯曼帝国，不仅多次拒绝对方的建交请求，还在一战后和西方诸强一起，参与了瓜分奥斯曼帝国的和谈。直到那个时候土耳其人才看出，日本人非但不认为自己属于东方，还宣称属于东方的土耳其不应该在西方保留任何领地。与会的土耳其使节发现，日本人既强横又无礼，拼命装扮成西方强国的样子，给他的感觉是"非常辛苦"。

那么，西方人又如何看待奥斯曼帝国呢？从居尔哈内公园回到酒店，我在Kindle上翻阅了不少相关书籍。

也许，法国作家安德烈·纪德看待东方的态度就是典型。他一生酷爱旅行，并于1914年游历了半个土耳其，可是对这个东方国家，纪德几乎没有半句好话。他说："我从这个国家得到的教益，与我对他的厌恶成正比。"他还说，伊斯坦布尔就是他心目中的地狱，这个地方无论有多少历史、多少族裔、多少信仰和多少文化，无非都是厚重的泡沫而已。"泡沫之下，没有任何土生土长的东西。"

纪德觉得土耳其的服饰要多难看有多难看，他诅咒地说："这个民族活该穿这样的衣服。"他甚至感到土耳其之旅终结了他多年来对旅行的热爱，让他再也不愿在地理上拓展自己的视野。

纪德总结道："我出于喜爱异国情调，警戒沙文主义的自命不凡的心理，也许还出于谦虚的心理，认为不止一种文明，不止一种文化，能争取我们的热爱。但是这种想法持续得太久了……现在我要说我们的西方文明不仅是最美的，而且是唯一的。"最后他不忘添上一句，"我们才是希腊文明的真正继承者"。

可以想见，当土耳其人知道西方如何看待他们时是什么心情。也许有人更想尽快成为西方的一分子,但肯定有更多人感到失望乃至绝望,觉得自己永远都不可能真正变成西方。既然无法摆脱东方的属性,那么就要做东方的强者,东方的榜样。

沿着这样的心理逻辑,土耳其人不断修正自己的世界观与历史观,以期将自身的存在合理化。而这样的心理逻辑,在整个东方都普遍存在。很自然地,当中国重新取得大国的地位,土耳其人必然再次对他们的历史做出修改。于是,在土耳其的历史著作中会出现中国的三皇五帝都是突厥人的论述,也会出现夏商周皆是突厥王朝的结论,在他们的笔下,连秦始皇都是突厥人。如此荒谬的论调不值一驳,但谁能保证,基于类似的逻辑,其他人不会干同样令人羞耻的蠢事呢?

柯布西耶(Le Corbusier)的土耳其之旅比安德烈·纪德早了三年。1911年5月,24岁的建筑师从德国出发,乘坐轮船顺多瑙河而下,开始了长达五个月的旅行。途经维也纳、布达佩斯,柯布西耶在巴尔干半岛上转悠数日,然后乘车进入土耳其。

柯布西耶对土耳其的兴致远高于世故的中年纪德。

在他眼中，土耳其人慷慨大度，善良有礼。老人犹如圣贤，孩童天真无邪，穷人也步态从容，带着华贵之气，连驮着重负的小毛驴干起活来也比别处的畜生更认真，从不偷奸耍滑。

在靠近埃迪尔内的一个小城游览时，柯布西耶每进一座花园，主人家都会以玫瑰花酱招待。当他离开时，主人还会在他的手上喷洒几滴玫瑰香水。这个奇妙的习俗，一百年后我在科尼亚也领略过。

可是到了伊斯坦布尔，柯布西耶的沮丧之情不亚于纪德。很快，他的内心就生出同样的念头："我要离开了，也该回去了。"

黄金角如一潭烂泥，模样丑陋，气味难闻；佩拉区地势陡峭，房屋杂乱无序，既像地震之后的城墟，又像遭遇暴雨后的泄洪区。整个伊斯坦布尔早已放弃了千百年来的传统，把自己卖给了贪婪的商人和丧失信仰的居民，连本该雪白的清真寺也被海峡上吐着黑烟的轮船玷污，熏得面目全非。他甚至目睹了伊斯坦布尔最可怕的痼疾——火灾，九千户房屋化为灰烬。若干个世纪以来，伊斯坦布尔每隔几年都会遭遇大火。冲天的火焰，混杂着骄纵、专横、疯狂,以及"宿命的犬儒主义快感"。

这当然会让我联想起爱德华·萨义德(Edward Said)批判的"东方主义"。听起来玄而又玄,说白了,所谓"东方主义"无非是势利者的一套言辞,一种弱势的东方必须由强势的西方来定义的赢家通吃的逻辑。在这套言辞或逻辑里,西方是行动的主体,东方则是被动的客体,就像纪德和柯布西耶感受的那样,是骄纵、专横、疯狂、犬儒和宿命的。总之,在他们眼里,东方缺乏西方那样的理性。

不过我们别忘了,此时的东方指的无非是小亚细亚。

柯布西耶把他的旅行命名为《东方游记》,这是他的第一本著作,也是他逝世前要求再版的最后一本书。那时候,柯布西耶还使用自己的真名"夏尔-爱德华·雅内莱"。

有意思的是,柯布西耶在1965年7月,也就是离他生命终点还有一个月的时候,在《东方游记》的后记《在西方》文末,加了一句:"我无法回答……"

无法回答什么呢？是东方有别于西方的特征吗？还是别的什么？我不知道。

但是我知道，就像纪德和柯布西耶指出的那样，直到20世纪初叶，西方人眼中的东方，仍然指的主要是安纳托利亚半岛，或者说小亚细亚。然而，当有人把东方的范畴扩展开来，用来指代亚洲其他国家或文化时，却不假思索地将骄纵、专横、疯狂以及宿命的犬儒主义等词汇一并套用在了完全不同的对象身上。

这个天大的误会，可谓贻害无穷。

东西方的交流史无异于一部误读史。1900年，奥斯曼帝国的大使从维也纳给苏丹寄了一封密信，信中描述了当天上午发生的一件"小事"。显然在他看来，小事不小，值得尽快呈报给主人。事情是这样的：

弗朗茨·约瑟夫一世，奥匈帝国的第一位皇帝，骑着高头大马率领一队达官贵人行进在维也纳的大道上，大使也在其中。队伍行至一个十字路口，前方有一位衣着朴素的妇人正准备横过街道，丝毫没有注意到接近的皇家卫队。彼时皇帝勒住缰绳，示意队伍停步，然后摘下帽子，向那妇人致意，众人也纷纷摘帽致意。过路的妇人此刻方才醒觉，也礼貌地向皇帝致以屈膝礼。如此，妇人过街，皇帝带领队伍继续前行。

在详细描绘了当时情形之后，大使向苏丹给出了他的结论："我们根本不必惧怕这个民族，因为他们竟然给女人让路。"

很难判断大使的结论对苏丹的决策有何直接影响，然而事实多少有些讽刺——大使认定礼仪的雅俗象征了国力的强弱，偏偏他的国家早已衰落。很大程度上，奥匈帝国的疆域就建立在奥斯曼帝国的退却之上。

那么反过来讲，知悉历史的后人会不会认为，奥匈帝国的优势恰恰得益于给女人让路的礼仪呢？逻辑哪会这么简单！

固执己见也好，盲目自信也罢，关键在于理性的有无。理性是运用理智的能力，是思考，是参照，是对比，是计算，是反省，是批判，跟礼仪无关，跟象征无关，当然，跟意志或信念也无关。

鸦片战争爆发前后，林则徐两次向道光皇帝报告，说洋人不足虑，因为他们的膝盖不能弯曲，在船上还行，到了陆地就只有死路一条。"一至岸上，则该夷无他技能，且其浑身裹缠，腰腿僵硬，一仆不能复起，不独一兵可手刃数夷，即乡井平民，亦尽足以致其死命。"说起来这很像奥斯曼帝国大使那般的笑话，可是凭什么保证今天的我们不会再犯同样的错误呢？比如说最近这十年，很多人坚信，西方在衰落，东方在崛起。且不论这是不是趋势，什么是西方？什么是东方？起码的事实搞清楚了吗？我看未必。

"西方"不是一个地理概念，也并非凭空而来的时髦话语。它是历史的产物，也是现实的呈现。当年奥斯曼帝国横跨欧亚，但没有西方人认为它和自己同属一体。同样，今天的俄罗斯属于西方还是东方，也不乏争议。

现在的西方是由历史上发生的五个重大事件塑造出来的。也就是说，只有同时具备这五大事件塑造的重要特征，这样的国家才是西方国家。这五大事件，或者说五大特征分别是：

一、古希腊人倡导的科学观；

二、古罗马人创建的民法典；

三、基督教开创的时间观；

四、宗教改革与文艺复兴带来的人文精神；

五、自由民主的政治体制。

真正的西方，必须具备这五大特征。按照这个标准，美国属于西方，新西兰属于西方，而乌克兰、以色列和希腊不属于西方。当然，由于西方回避不了时间属性，谁也说不准，某些国家会继续满足这五大标准，某些国家将要符合这五大标准，还有一些国家不再拥有这五大标准。

不过基本上可以肯定，新加坡、日本和土耳其不属于西方。

有了这样的判断，才好谈东西方的比较。

有趣的是，没有来自奥斯曼帝国的威胁，就没有近代的西方。就好比西非的黑人，在看见猎捕他们的白人之前，不会把自己的肤色当作问题。西方人也一样，他们对自身独特性的体认，很大程度上是外部压力造成的结果。

罗马不是一天建成的，西方的塑造也是。多少个世纪以来，一拨又一拨的游牧民族从中国的边境出发，沿着高耸的欧亚大草原，从东向西迁徙。迁徙的动力各异，有的是出于牧草的渴望，有的是被灾害疾疫所逼，更多是因为战乱——匈奴败于汉，突厥败于唐，以及蒙古帝国造成的大动荡。民族大迁徙的巨大压力从一个族群传递到另一个族群，从一个区域传递到下一个区域。

在这种压力下，有的族群灭亡，有的族群失散，有的族群壮大，有的族群崛起。匈人、哥特人、汪达尔人、斯拉夫人、阿拉伯人……他们在民族大迁徙的压力之下入侵西方，改变西方，融入西方，也不断地塑造着西方。从这个意义上讲，更晚崛起的奥斯曼帝国造成的外部压力，也是塑造西方的重要因素。

奥斯曼人宣称，他们是突厥人的后裔，这是我在伊斯坦布尔考古博物馆里看到的官方说法。但这个说法不乏美化之嫌。他们的确是说突厥语的族群，但他们跟古代的突厥人没有什么血缘上的联系，至少没有 DNA 的证据。一位哲学家说得好，原因的原因就不能称之为原因，族裔的起源也是如此。实际上奥斯曼土耳其人最初的来历基本不可考，他们的祖先可能是被突厥人同化的中亚原住民。这是客气的说法。直白地讲，奥斯曼土耳其人极可能是在长期的被奴役与反抗中形成的，先是被突厥人，之后是阿拉伯人，再后来是塞尔柱人。当然，假如他们没有在文化上皈依伊斯兰，奥斯曼土耳其人也不能算作真正成型。

这是题外话，且容我继续谈一谈奥斯曼帝国是如何塑造西方的。

最重大的事件，毫无疑问是1453年奥斯曼帝国征服拜占庭。东罗马乃千年帝国，它的覆灭对于东西方而言均称得上意义非凡。包括汤因比在内，不少历史学家认为，在征服君士坦丁堡之后，奥斯曼帝国确立的体制、传统和政策都足以证明，这个帝国是古罗马文明和基督教希腊文明的实际继承者。不仅如此，它还成为东正教文明的狂热保护者。

那么，这是不是意味着奥斯曼帝国就此成为西方的一部分？非也！恰好相反，从此在西方的定义里，古罗马文明和基督教希腊文明不再是充要条件。并且在很大程度上，东正教跟伊斯兰教一样，成为"非西方"的重要标志。这就是为什么亨廷顿在《文明的冲突》里把东正教文明单独列出的原因。按照他的区分，俄罗斯、乌克兰、白俄罗斯、格鲁吉亚、摩尔多瓦、塞尔维亚、黑山、罗马尼亚、保加利亚、亚美尼亚、希腊和塞浦路斯等国都归于东正教文明,绝非西方的一部分。

征服拜占庭不是终点,奥斯曼帝国对西方的塑造持续了六百年。"征服者"穆罕默德二世去世不久,奥斯曼帝国的势力就开始介入西方诸国的纷争,西方各国也狐假虎威,利用奥斯曼帝国的威望明争暗斗。在苏莱曼一世当政期间,奥斯曼帝国已经是西方世界权力斗争中必不可少的一环。可以想见在那个时候,关于什么是西方,答案再次起了变化。有历史学家认为,正是因为奥斯曼帝国,西方世界才开始出现类似于"欧洲协调"(Concert of Europe)那样的政治格局。而这种政治格局,又构成了欧洲联盟以及近现代西方共同体的雏形。

直到19世纪中后期,衰败的奥斯曼帝国仍然是塑造西方的一股重要力量。例如1853年至1856年的克里米亚战争,就是奥斯曼帝国和英法等欧洲强国联手对抗俄罗斯扩张的格局。甚至到了20世纪初,崩溃边缘的奥斯曼帝国仍然有能力塑造西方的政治面貌。

19世纪末,奥斯曼帝国被西方称为"欧洲病夫"

这是守护"高门"的土耳其士兵。因其历史功绩,军队在土耳其政治中扮演着重要角色,并自诩为宪法的守护者。从1960年代开始,军队共发动五起政变,平均每十年一次,成功四次,失败一次,最近一次失败的军事政变发生在2016年。

（Sick man of Europe），清帝国则有"亚洲病夫"（Sick man of Asia）之名。于是这两个帝国常常被人拿来比较，评判优劣，试论短长。假如仅从国际政治的角度看，清帝国对西方的影响远远小于奥斯曼帝国，其军事实力和政治力量也大不如后者。然而奇怪的是，当时的一些中国人有着"谜之自负"，对奥斯曼帝国各种瞧不起。譬如康有为就认为奥斯曼帝国是西方列强的糟糕学生，只想模仿西方人，却不懂得西方成功的秘诀——好像他很懂。

早在康有为上书光绪帝之前，苏州人王韬就注意到中国的困境与奥斯曼帝国无异。此人才学出众，视野开阔，与西方传教士过从甚密，太平天国运动期间避难香港，主事新闻和翻译。1867年，王韬取道南中国海，溯红海北上，经埃及开罗而出地中海，一路西航，登陆马赛，再途经里昂，盘桓巴黎，之后横渡英吉利海峡，抵达伦敦，成为牛津大学有史以来第一位发表演讲的中国人。他这一路丰富曲折，虽不曾抵达奥斯曼帝国的核心，却到处能感受到帝国留下的残影。

王韬漫游之际，克里米亚战争（1853—1856）已经结束十年。那场战争中,衰落中的奥斯曼帝国在"西方"的协助下战胜了俄罗斯,保住了颜面。《巴黎和约》里,所有基督教国家一致承诺,尊重奥斯曼帝国的独立和领土完整,从而让"东方"得到了来之不易的和平。这一局面让王韬印象深刻。后来他在报纸上盛赞土耳其人的斗志,认为俄罗斯长期觊觎奥斯曼帝国而不得,不仅因为英法等国阻挠,也在于土人"倔强自恃,不肯遽下"。不过王韬也敏锐地认识到,奥斯曼帝国的颓势无可避免,关键在"君主之国"不可能常有尧舜那般的帝王。除非变法,将一帝之国改成"君民共主"(君主立宪制),方能长治久安。他的变法之论,比康有为早了二十多年。

差不多同时,另一些中国人从俄土战争中看到了别的东西。有人注意到弱国可以利用西方的"势力均衡"而自保,也有人注意到奥斯曼帝国的"西化"及其利弊可以成为洋务运动的"操持之鉴",更有外交官员意识到,西方围绕奥斯曼帝国的种种纷争,能给中国直接带来相对宽松的外交环境。譬如1876年中英协商《烟台条约》之时恰逢土耳其宫廷政变,李鸿章等谈判官员判断俄罗斯肯定会伺机攻土,英国人为了保土必不敢在中国用兵,决定利用这一机会谋求谈判的主动。

总之,出于自身的考虑,在参照奥斯曼帝国的历史、现实以及未来的过程中,中国人逐渐认识到一个全新的世界,并开始理解中国在这个世界里的真实位置。也正是从那个时候开始,中国发现自己是东方的一部分,与西方相对。

然而有些讽刺的是,清朝多次拒绝了奥斯曼帝国的建交请求,总觉得"土势岌岌,危在旦夕",耻于和这"欧洲病夫"为伍。最有代表性的还是康有为,他有一大段文字描述土耳其之糟糕:道路污秽,没有电灯,没有自来水,没有排污管道,交通不便,财政困乱,人民愚钝等等。虽说自己的国家有与之类似的窘困,但康有为认定,变法之后的中国一定不会重蹈奥斯曼帝国的覆辙。这说明,当时的中国对于归属于"东方"并不那么情愿,更不感到骄傲。而事实上从改革的角度看,奥斯曼帝国在19世纪的成就远大于中国——戊戌变法只有草草的103天,而他们的"坦齐马特"从1839年持续到了1876年。

奥斯曼帝国的情势在变，中国人看待它的眼光也跟着变。帝国尚在，中国人已很少以奥斯曼相称，反而学西方人的轻蔑口吻唤作"土耳其"。1897年，梁启超在讨论变法时把它当失败案例，指土耳其的陆军"甲天下"，与俄国五战而三胜，结果怎么样？还不是衰朽至此，可见"强兵"不是变法的关键。到了1900年，梁启超开始觉得中国与土耳其的情况各有不同，告诫国人不应该拿来随意比附。五年之后，他的看法更进一步，猛力批驳那种把中土命运归于一途的流俗观念。"吾国绝非土耳其之比，谓我将来与土耳其同一命运者，实梦呓也。"

梁启超是当时的意见领袖，他看待土耳其的眼光很有代表性。进入20世纪，他的预言似乎灵验了。这个世纪的头十年，奥斯曼帝国连遭外敌，丧失了大片领土，真正是国将不国。清帝国则在庚子国变后开始推行立宪改革，局势相对平稳。故而在这段时间里，清政府屡次拒绝奥斯曼帝国建交的请求，舆论对土耳其也显得有些漠然。直到即将进入20世纪的第二个十年，中国人才再度把目光投向遥远的安纳托利亚半岛。

1908年,康有为亲访伊斯坦布尔,写下了《突厥游记》。同年,同盟会员张钟瑞在杂志上发表《土耳其立宪说》,再一次把中国和土耳其的命运相比较,说亚洲国家中,"介于似亡未亡、似兴未兴之间者,唯我国与土耳其两国而已",鼓吹以革命的办法达成立宪的目的。

辛亥革命爆发之前,另一位同盟会干将胡汉民在报纸上发表《就土耳其革命告我国军人》一文,议论1909年青年土耳其党人废黜苏丹掌握政权的事迹,其意图非常强烈。胡汉民对土耳其的关注相当持久,不仅时有论及,还于1928年亲赴土耳其考察,拜访了包括总理在内的土耳其官员,回国后做了演讲,题为《考察新土耳其的经过和感想》。

到了20世纪30年代,中国终于和土耳其建交。蒋介石还把一张自己的签名照赠予土耳其国父凯末尔,照片迄今仍保存在安卡拉的凯末尔陵墓纪念馆中。

辛亥革命造就的"中华民国"虽说被誉为亚洲第一个民主共和国,但它的缔造者们对此并不满意,尤其是袁世凯称帝失败之后,军阀混战,四分五裂。反观土耳其，在凯末尔的带领下发起独立战争，从1919年抗争到1923年，相继挫败了英、法、希腊等国的干涉和侵略，一鼓作气，建立起一个令人尊敬的独立自主的共和国。这一近乎凤凰涅槃的经历，中国人看在眼里，对比自身，心情很复杂。

这种复杂的心情，很可能弥漫于整个20世纪30年代。从蒋介石的日记里可以看出端倪。在1938年1月16日的日记里蒋写道："看《土耳其革命史》，自觉智能学识之欠缺，忍心耐力之不足，所以遭此困厄也。"

蒋介石对土耳其的看重其来有自。1935年，德国国防军之父汉斯·冯·塞克特（Hans von Seeckt）跑到中国，给蒋介石做军事顾问。他形容蒋很像奥斯曼帝国三巨头之首恩维尔帕夏（Enver Pasha），估计这个评价也传到了蒋介石的耳朵里。

更多的人把蒋介石比作凯末尔，譬如历史学家蒋廷黻。此人是清华大学历史系主任，著有一流的史书《中国近代史大纲》，官至政务院政务处长、驻联合国大使，一生对土耳其的独立运动和领袖凯末尔十分钦佩。他认定蒋介石就是中国的凯末尔，为此还与胡适等人发生了一场关于民主与独裁的争论。他觉得内忧外患的中国需要凯末尔那样的专制领袖。这个观点，蒋介石当然很受用，实际上他也是这么行事的。从这个意义上讲，土耳其不仅是中国人不得不面对的镜子，它也"内化"为中国现代命运的一部分。

中国人一边羡慕土耳其的独立与新生，一边把这个国家排除在"东方"之外。1921年，梁漱溟的《东西文化及其哲学》名噪一时，引发数年的热烈争鸣。可无论梁漱溟本人，还是参与争论的梁启超、胡适、陈独秀、张君劢，根本没把近东文明放在眼里。按照梁漱溟的分法，东方文化的主干只有两支，一是中国，一是印度，别无其他，这真是奇了怪了。他们没有想过，从土耳其人手里"抢走"的东方，只是别人硬扣的一顶破帽子，依然沾满了西方的蔑视与污损。

正如帕慕克注意到的，从18世纪中叶一直到整个19世纪，踏足伊斯坦布尔的大部分西方观察者偏好的主题无非就是这些：荒淫无度的后宫、残酷无情的君主、肮脏不堪的乞丐、吃苦耐劳的挑夫、沉默不语的僧侣和与世隔绝的妇女。报应来得很快，中国人的"东方"，主题几乎一成不变。

就在梁漱溟大谈东方文化那一年，访问中国的芥川龙之介就把眼前的东方笼统地称为"猥亵的、残酷的、贪婪的世界"。翌年，两度停留中国的爱因斯坦在日记里记下，这里的空气总是充满恶臭，而中国人勤劳却肮脏迟钝，根本无法与日本相提并论——日本人"朴实而得体"，有着其他地方见不着的纯洁灵魂。

无可怀疑，这些结论都出自真情实感。可疑的是，他们目力所及未必出于自觉。他们观察的对象、偏好的主题，仍然难脱西方视角的窠臼：肮脏丑怪的黄包车夫、不知廉耻的娼妓、伸长舌头舔着腐肉的乞丐，连卖玫瑰花的老太婆都显得贪得无厌难以忍受。

我还注意到，芥川龙之介在《中国游记》里提到了"东方主义"。尽管他使用这个概念只是批评日本人对中国的浪漫想象，然而不能否认，这个在半个世纪之后莫名地时髦起来的词汇，说到底就是限定视野的意识窠臼。它使得我们总是站在自己的立场上看待陌生的事物，拒绝承认他人的生活同样具有正当与合理的意义。同时，为了强化或美化自己的立场，还会强调彼此的差异性，甚而认定这些差异决定了彼此在本质上的截然不同。

基于这种错误的心理逻辑,自然就产生了对陌生事物的敌视,以及对异域他乡的偏见。因此,就实质而言,东方主义根本无关东方,而是关乎"他者"的偏执立场与歧视态度——东方主义也可以是西方主义,"非我族类,其心必异",也是很糟糕的"东方主义"。

人们为什么会把一个事物的独特性等同于整个事物的性质呢?就像用"眼镜""瘸腿""双眼皮"来指代一个人?难道大家不明白,这只是一种图省事求方便的借代修辞?肮脏的脚夫既不是东方的全貌,也不是东方的根源。同样,优雅的绅士也不是西方的理由,更不是西方的本质。要看东西方的不同,还得看彼此的价值、希望与追求,或许那时候人们会发现推己及人和人同此心的道理。

当然,这是我的天真想法。记得帕慕克在《伊斯坦布尔》里表示,他把自己看作一种介乎苹果与柑橘之间的特别的水果。可是我觉得,他很难给那种水果一个准确的称呼。如今的西方人或许可以做到准确地定义自己,然而东方仍在巨大的不确定中。

海湾入魔的罂粟花

西闪 文

在加里波利的岩石上

加里·奥德曼(Gary Oldman)盘活了无甚新意的电影《至暗时刻》,还把大半个世纪前的丘吉尔带回了人间。在艺人的天才演绎下,一个时代英雄活灵活现,甚至让我怀疑,奥德曼刻画了一种不大符合常理的关联。他的表演似乎暗示,在英雄身上,具体的错误与抽象的德行乃是不可分割的人性。以至于当片中的丘吉尔柔声细语地把加里波利的灾难全部归咎于无能的下属时,很多观众会心生怜悯。哪怕在那个狭长半岛的海岸,被战争葬送的人超过10万。

从地图上看，加里波利半岛就像欧洲大陆朝西南方向的爱琴海伸出的一只细长的羚羊角。"羊角"与对岸形成一个狭窄的水道，即闻名的达达尼尔海峡。船舶唯有穿过这个海峡，才能驶入马尔马拉海，然后抵达这片土耳其内海东侧的伊斯坦布尔。到了那里，再经过博斯普鲁斯海峡，方能进入黑海，接近沿岸的格鲁吉亚、乌克兰、俄罗斯以及巴尔干诸国。从前，这些地方要么在沙皇俄国辖下，要么曾经属于奥斯曼帝国。

那是1915年3月，第一次世界大战打响后的第二年。眼看西线战事胶着，时任第一海军大臣的丘吉尔决定从南线突破，派一支舰队穿越达达尼尔海峡，直击伊斯坦布尔，逼迫土耳其投降，帮助沙俄摆脱奥匈帝国和德国对黑海的封锁。

"那是同盟国最脆弱的小腹"，正是从地图上看到了要害，丘吉尔才有了这个大胆的计划，但他决定待在国内遥控指挥。大概在他的心目中，土耳其不过是一个纸糊的敌人。这个国家丢了东南欧，丢了北非，丢了巴尔干，把祖辈挣下的家业败得一干二净。如此"西亚病夫"，战端一开肯定望风披靡。

果然,英法联合舰队临近土耳其海域,大洋一片平静,似乎预示着未来的祥宁。可是当他们一路炮轰闯入达达尼尔海峡,突遭水雷袭击,幻觉破灭了。舰队指挥慌了手脚,下令赶紧撤退,错失了一鼓作气拿下伊斯坦布尔的绝佳时机。

陆上的情形也很相似。一开始先头部队让敌人溃不成军,可是当土耳其人稳住阵脚开始伏击,缺乏后援的士兵立刻成了海滩上的鱼,到后来连战场总指挥也受伤抬回了国。

照理说丘吉尔应该暂缓进攻,检讨一下原计划的得失。然而战争的逻辑就是这样,一旦发动者认定它是宏大战略的一部分,就非但停不下来,还会步步升级。为了夺回海滩,丘吉尔调兵遣将,从埃及派来了一支8万人的远征军。士兵以澳大利亚人和新西兰人为主,故称"澳新军团"(Australian and New Zealand Army Corps,缩写为 ANZAC)。

士兵们从未受过夜间登陆训练,更别说了解加里波利的地形地貌了。当他们错误地在一个无名小湾登陆,才发现那里根本不是建立滩头阵地的适合地点。到处都是光秃秃的硬土和岩石,别说构筑掩体工事,有些地方连一道浅浅的战壕都挖不出来。在土耳其人的枪林弹雨中,他们只能躲在岩石的缝隙间胡乱射击。

登陆战从4月持续到次年1月,春去秋来酷暑严寒,澳新军团困守在不足400米的滩头,承受着炮火、痢疾、腹泻、寒冷以及一连串绝望的自杀式冲锋。一万多士兵死在这里,有的草草掩埋,有的无人闻问。

这段绝望到令人虚无的惨剧曾多次搬上银幕,最著名的一部就叫《加里波利》,由后来导演《楚门的世界》的彼得·威尔(Peter Weir)执筒,参演者包括梅尔·吉布森(Mel Gibson)等人。作为战胜方,土耳其也拍了不少影视作品。其中一部电影叫《恰纳卡莱》,因为在土耳其的历史教科书上,那场战争以达达尼尔海峡沿岸的一个城镇命名,称为"恰纳卡莱之战"。我看过,制作上远没有《至暗时刻》那么精良,演员更是不及。片中塑造的战争英雄、后来的"土耳其之父"凯末尔无论言行都像加里波利的岩石一般毫无生气。当然,影片也没有义务提醒观众,土耳其赢得的是一场惨胜。协约国军队总共死亡人数超过5.6万,他们也是。

后世的历史学家一致认为，无论是土耳其、澳大利亚还是新西兰，他们的国家认同都与这场战争密不可分。有了这份骄傲，土耳其才能从奥斯曼帝国的僵死躯壳中破茧而出；有了这份深切的哀痛，澳新两国民众才第一次觉悟，什么叫作家国情怀。

如今，澳新军团登陆的那个无名海湾成了一片大型墓园，埋葬着澳新军团的遗骨，也安息着土耳其的亡魂。现在它的地名叫"澳新军团湾"（ANZAC Cove）。很难想象，当年坚硬的岩石上，可以长出青草，还有苍翠的树。

墓园的一块石碑上镌刻着凯末尔的几段话，摘自1934年他写给澳新两国母亲的一封信。铭文如下：

> 这些献出鲜血和生命的英雄们
> 在一个友好国家的土地上
> 和平地长眠
> 约翰们与穆罕默德们
> 对于我们来说并没有区别

1915年4月25日，凭借地理优势的奥斯曼军队起初扛住了澳新军团的进攻。奈何敌众我寡，战况愈发严峻。此时，34岁的中校师长凯末尔率领一个团前来增援，并策动了正午时分的反击。战至当日下午，澳新军团死伤4000余人，不得不撤退到登陆的滩头。奥斯曼军队损失相当，却顽强地守住了阵地。1934年，已被誉为阿塔图尔克（土耳其之父）的凯末尔总统写下了这段话，纪念当年牺牲的各方将士。这段话也被铭刻在石碑上，树立在阿里伯努墓地的入口。

我们把他们安葬在一起

从遥远国度将自己儿子送到战场的母亲们

擦干你们的眼泪吧

你们的儿子如今躺在我们的怀里

他们在安息,他们将和平地长眠

在这块土地上献出生命之后

他们已经成为我们的儿子

死者永远留下

我们下车,来到空无一人的海边。计程车没有马上离开,司机站在路边看着我们轻快地走下公路,犹豫了片刻,似乎想给我们一点儿建议,终究没有说出口,调转车头驶向归路。

我们渡海而来,一大早乘船从恰纳卡莱出发,横跨达达尼尔海峡,踏上加里波利半岛的小城埃杰阿巴德(Eceabat)。在那里我们未做停留,立刻坐上计程车前往半岛另一侧,路程14公里,用时15分钟。

眼前景色平淡。灰色的大海一望无垠，黄绿斑驳的夏草沿着斜坡蔓延，直到被一堵细长低矮的砖墙挡住。砖墙上只有五个大写的英文字母——ANZAC。

转身背对大海，一座状如鹰嘴的山崖耸立，两翼的山坡向海岸延展，挤压着这一小块平坦的斜坡。三座无名的山峰在战争中有了名字。中间高耸的是查纳克拜尔（Conkbayırı），左右两边分别是战舰山（Düz Tepe）和971号山（Kocaçimen Tepe）。我不知道命名的由来，但我知道，它们挤压的地方就是我们伫立的位置，如今称作"澳新军团湾"。

1915年4月25日，第一批士兵踏上这块袒露的滩涂。此后的八个月，这里与其说是战场，不如说是坟场。上万名年轻人死在这里，死得轻率，几无意义。关于这段历史，无论经历还是结局，我虽也已经知道，但还远远不够。如果不是亲身站在这里，我想我不可能体验到那么深切的虚无。群山与大海合拢，草木飘摇，寂寂无言。

倒毙在海湾的首批兵士并没有把他们的指挥官惊醒。一批又一批的年轻人在一轮又一轮的进攻中倒下，

澳新军团在此仰攻山头长达8个月,阵亡过万,其中包括华裔士兵。

成为炎炎夏日里腐烂的尸体,以至于军队不得不与敌人暂时停火,花上三四个小时来匆匆掩埋死者。然而随着战事更加激烈,之后这样的妥协也没有了。一个青年军官在家信里描述了当时的恐怖景象:"战壕里肮脏不堪,一部分胸墙里埋着死了数日的士兵,他们的脚还露在外面。两边堆满了还没下葬的尸体,就这样在高温下暴晒着。我们竭力给他们撒上石灰,那股恶臭简直太糟糕了。你得意识到,你就睡在死人堆里,你的食物也是从死人堆里拿的,如果你不挥一挥,手里的食物就会被苍蝇叮满。"我不清楚,这位军官的结局如何。

更不幸的是,当权者对这个坟场一般的海湾入了魔。他们诡异地认为,只要翻越海湾所向的那几座山峰,达达尼尔海峡以及伊斯坦布尔都唾手可得。爱琴海沿岸的医疗机构人满为患,远征军的总司令还在调兵遣将,把更多的军人送到这里。佯攻、奇袭、牵制、侧翼包抄,进攻计划无比周详。另一个青年军官在家信里夸奖道:"伊恩·汉密尔顿爵士(总司令)制定整个计划,非常令人佩服。各种细枝末节都考虑妥当。现在只需看我们的战术是否能与战略相匹配。"而事实是,在

8月的大规模进攻中,他们与敌人几度拉锯,没有取得任何实质上的战果。到了10月,军队高层开始有关撤退的秘密讨论。12月7日,英国内阁下达正式撤军的命令。就像第二次世界大战中表现的那样,英国人非常擅长撤退。截至1916年1月9日,包括澳新军团湾的兵士在内,所有协约国的军队全部成功撤离,没有损失一兵一卒。

"但死者永远留下了",我思忖。从海湾向南走数百步,就来到毗邻的澳新军团公墓。这里人迹寥寥,只有一家当地人在大树前合影,随后开车离去。墓园不大,墓碑不足一千,想必还有类似的地方掩埋着更多的人。我一个个端详着墓碑上的名字,21岁,28岁,18岁,31岁,17岁,偶尔看见墓碑旁摇曳的红色罂粟花。这些人都出生在赤道以南的地方,无论是地中海里的航线,还是巴尔干半岛上的较量,旧大陆的纷争跟他们的生活毫无瓜葛。但他们不得不受权力的驱遣,怀揣着不明所以的荣誉感,把生命终结在离家乡约9800公里的无名海湾上。我不由地想起托马斯·曼的《魔山》,想起小说中年轻的主人公在疗养院里休养七年,终于治好了

加里波利之战令参战各方伤亡惨重,尤以澳新军团为甚。此地是澳新军团阵亡将士的墓园之一,名为阿里伯努墓地(Arı Burnu Cemetery)。这里既是澳新军团第一个登陆点,也是埋葬他们的土地。

肺病，一出去就死在第一次世界大战的战场上。托马斯·曼说他的小说想表现一种"幽默的虚无主义"，我却笑不出来。

离开墓园需要步行4.2公里才能找到公共交通点，这时候我们才想起计程车司机欲言又止的神情。阳光照耀着海面，也照耀着空旷的公路以及路边的荒草。荒草间偶尔看见有花斑的蛇窸窸窣窣地躲进碎石中，很多不曾见过的奇怪毛虫在路基上蠕动，还有一只在公路上横行的陆龟，对外界的危险不管不顾。生命就这么存在着，至于意义的有无，真是难说。

军事博物馆的一幅画

走出塔克西姆广场的地下交通枢纽，正午的阳光扑面而来。问了好几个路人，要么是我们的英文不太好，要么是他们的外语水平有限，没人能让我们明白伊斯坦布尔军事博物馆到底怎么走。这时候一个年轻人走过来主动帮我们。他拨了几个电话，跟军事博物馆取得了联

在塔克西姆广场,年轻人的身后是1928年落成的共和国纪念碑。

系，然后用生硬的英语对我们说"Follow me"。我们向他致谢，告诉他不必亲自带我们去。他说他也没参观过军事博物馆，趁机也去看看。

小伙子身材高挑，蓝色牛仔裤，粉色短袖T恤，还套着一件红色的羽绒服背心。凭有限的经验，这样的穿着表明他熟悉伊斯坦布尔乍暖还寒的五月。阳光多，海风也多，间或零星的细雨，外乡人不易适应。谁知他说自己是叙利亚人，让我们颇感意外。

交谈在手势和英语间切换。他的土耳其语很溜，英语却跟我们一样逊。好在步行去博物馆的路程约有1.5公里，我们有足够的时间去理解彼此的意思。他说他到土耳其有段日子了，差不多一年的光景。他喜欢土耳其，在伊斯坦布尔找到了工作。然而谈到叙利亚的命运，他却黯然摇头。他说父母都留在叙利亚，没有逃出来，欣慰的是彼此还保持着联络。

一个逃离战火的人带着几个游客去军事博物馆，我尽力跟上他飞快的步伐，心想这实在够讽刺。

到了军事博物馆门前，小伙子却向我们道别，原来他没有去参观的打算，之所以那么说只是担心我们谢绝他的好意。

他优雅地向我们颔首致意,迈开大步继续前行。直到身影消失在上坡路的尽头,我们才走进博物馆的大门。

门前空地上老式的坦克、战斗机以及古铜色的巨炮,让第一眼看上去的伊斯坦布尔军事博物馆跟同类博物馆没什么两样。但稍加注意就会发现不同:大门挂着军事管理区的红色标牌,围墙上有铁丝网、沙袋和架着机枪的岗亭,走进大楼还需要严格的安检。这并不令我惊讶,因为我知道,从1841年建成到1936年,这里一直是奥斯曼土耳其的军事学院,之后仍由军方管理。

走进大楼之前我还留意到,在那一尊巨炮的阴影下有一个背负炮弹的士兵塑像。这个形象在描述加里波利之战的土耳其影片里几乎属于标配,类似的雕塑我在恰纳卡莱等地也见过。而这一切都让我感觉到,军队在土耳其社会中扮演着多么重要的角色。

大楼里的陈列种类繁多,刀剑和枪炮,战袍和勋章,无所不包,甚至能看见凯末尔的睡袍和袜子。由实物串联起来的历史从11世纪的塞尔柱王朝一直延续到共

发明历史,是国家叙事的重要步骤。通过教科书,每个土耳其小学生都被告知,中国的长城就是为了抵御土耳其骑兵而修筑的。这培养了人们一种奇妙的民族自豪感。

和国时代,但之前的历史如何表现?馆方的做法让我这个中国人不大适应。

"一支突厥军队正在进攻长城!"我被眼前的巨幅油画惊呆了,"这种事情在历史上真的发生过吗?"看着它我想起德国媒体的一篇报道,文中说每个土耳其小学生都知道并为之自豪,"长城是为防止土耳其人数百年的进攻而修建的"。

我相信,这幅油画会非常直观地刺激中国观众,但我同时也相信,博物馆只是想渲染土耳其的民族自豪感,并没有刻意冒犯他人之意。可是当我随后看见上百名土耳其小学生走进这幢大楼,热情地用汉语向我这个中国人说"你好!"我不得不承认,把这样的油画给天真的孩子们看的确不合适。

这仍然不是我想说的重点。重点在于,一个现代民族国家在何种程度上利用历史才可以被认为是正当的与合理的?我当时就想起两本书,一本是《想象的共同体》,另一本是之前草草翻阅过的《现代国家与民族建构》,专门讨论土耳其的民族神话,在我看来就像是前一本书的注解。

让军队在音乐声中展开军事行动是奥斯曼人的一大发明。1953年,为了纪念君士坦丁堡陷落500周年,伊斯坦布尔军事博物馆正式恢复了军乐队的传统,并在重大节日和仪式上演奏。

坐在博物馆二楼的走廊上休息，一个英俊的馆员过来提醒，奥斯曼军乐团的演出即将开始，我们如梦方醒，想起这正是今天的一大看点。馆员带着我们一路小跑，穿过走廊，下到一楼，东转西转，来到一个圆形剧场。刚刚坐到兴高采烈的土耳其小学生中间，军乐团就上场了。

据说，奥斯曼军乐团是世界上最早组建的军乐队。1289年，塞尔柱王朝的苏丹向奥斯曼帝国的创立者奥斯曼一世派遣了一支小号队，把它当作祝贺帝国成立的特别礼物，从此军乐团就成为军队的一部分。现在这个军乐团仍然具有很高的地位，并时常在重大场合上演出。最盛大的表演是每年的5月29日，目的是庆祝1453年5月29日穆罕默德二世攻克君士坦丁堡。对于今天的土耳其人来说，那一天仍然非常重要。

鼓声、铙声、号声，还有三角铁和铃铛，我集中注意力分辨乐队的乐器组合，以此来抵消那些并不美妙的乐曲和歌声。但在我们周围，孩子们异常兴奋，手舞足蹈。其中一个小男孩特别激动地站立着，跟着乐队的节拍摇头晃脑，双手有力拍打着前排座椅的椅背，让我想起君特·格拉斯的《铁皮鼓》。注意到我的好奇,戴头巾的女教师抱歉地向我颔首致意,这又让我想起带我们到军事博物馆的叙利亚青年。

"他真的不愿来这里看看吗?"我心想。浸润着鲜血,也混杂着神话;这里生产意义,也产生疑问。

土耳其之色

西门媚 文

一位朋友在我朋友圈里跟帖:"没想到土耳其这样荒凉。"我正沉浸在对灿烂文明的慨叹中,愣了一下,她的感叹跟我的观感完全相反啊。

当时,我一边游荡,一边不能免俗地在朋友圈大发美图。

五月的土耳其,实在太美。人在那些残垣古迹里,就像进入了一个特别的时空,带着今昔的目光,去跟古人对话。

我拍了许多大地景色,大片的田野和山岗,在我看来,那些景色非常动人,苍黄的、金黄的、土黄的、亚麻色的、浅褐的……太多的土系色调。

从土耳其中部,安纳托利亚高原之上的科尼亚市,坐长途车往土耳其西部走，一路看的多是高原风光。

巨石荒坡的高岭、碎石遍沟的低谷、碧色的咸水湖，间或杂以森林、草甸，衬在晴丽的天空之下。我坐在车窗旁，七八个小时的车程中一直在拍照。随手一拍，全是"大片"。这些画面美到让人失语，觉得藏区的风景、九寨沟的画面，相比这些，很多都显得平淡了，有的就算不失色，也绝不会更出彩。而且，眼下几乎没有游客，这只是随随便便的公路景色。

我忍不住一直拍拍拍，每一个画面我以后都要用来作绘画素材。但我又觉得这里的美杳无人烟，跟我的情感少了沟通和联系，我没法画得比摄影更有意思。只是眼睛看不够，只能神经质地拍拍拍，方不负这无人之美。

车一路从高原下来，窗外的景色慢慢变了，能明显感到海拔降低。还是美，但渐渐转换为田园风光。大片的麦田已经由绿转黄，海拔越低，田里的颜色越黄，最后是已经收割后的田野。麦子变成了巨大的圆筒状的麦垛。一个个卷立在那里，像是巨人的卷纸。

我日常熟悉的是四川的田园风光，小块的田野，不会用巨型收割机，麦垛都是一小捆一小捆的，像巨人的跳棋子。眼前这种收割画面，我倒是在很多西方的画作和摄影里看到。

大片的田野里很少看到人，大规模工业化耕种需要的人不多了。有时会看到一辆卡车正在搬运麦秸，黄色的麦秸已经压成一块块大的长方体。

这麦秸应该是送去造纸吧？多好的原料。四川那种小块田地的种植方式，一直很难解决麦秸的问题。农民总是按原始的方式，一把火烧了。倒是肥了田，可相邻的城市就遭了殃。好多年来，春秋两季收割之后，城市都要忍受好些天燃烧秸秆的浓烈烟尘。直到近些年，成都周围的农田消失了，这个问题才自然解决。

我不由得联想到土耳其的纸。我们在土耳其住过好多家不同档次的酒店、宾馆、客栈，店家提供的卫生间卷纸差不多都是同一种。没经过强烈的漂白，没有很精致的压花，白中略略偏黄，看起来朴素却挺好用。这是他们自己出品的卫生纸，原料应该就是来自麦秸。

他们每年都收获大量麦秸。我知道，土耳其最重要的农作物就是麦子。他们的麦子品种相当优秀，从他们好吃的面粉就能得出这个结论。

在土耳其的这些日子,我们每天都以面粉为主食,却完全不厌倦。我迷上了这样的主食,一点儿也没念着米饭。在餐馆里,他们会免费提供面包,我还会主动再点他们的"披哒"(一种像披萨的饼,手工现烤,比披萨好吃)。这是我以前不能想象的,我曾以为我是一个离不开米饭的人。肉食比较简单,以牛肉为主,兼搭羊肉和鱼;做法也比较少,以烤和炸为主。我一向自认为挑嘴,但在这些天里,一点没感到单调厌倦。对我来说,这里的餐馆,只有本地人也吃的、做得好吃的店和专卖给游客的店的区分。

我开始思考单调与丰富的问题。

如果按中国的标准,土耳其很多方面都是单调的。

从高原一路向下,我们的长途大巴行驶在高速公路上。公路质量相当好,车少,顺畅,没有过路费。长途大巴是奔驰车,车票却远比国内同等路程便宜。车上还有一位穿制服的年轻人,推着小车,送来饮料与各种零食。他示意我挑选。我摆手表示不要,理所当然地按经验来想：这是车上的推销行为。他费力地用英文跟我解释：这是免费的。

远处是无边美景，近处的隔离带上都是夹竹桃。不止高速公路，临近城市的公路也是如此，居民家庭也很喜欢种夹竹桃。这些夹竹桃正在盛开，并不是我们常见的轻粉色，而是一种略偏土红的桃红色，一簇簇，热烈地开放着。

国内的行道花卉变化极多，很多是当季开放后才移栽的花卉。很多花卉公司靠接这种政府工程单，就能挣到大钱。假设土耳其也要把行道植物搞得争奇斗艳，多半就得从其他国家进口。现在这样只种生命力旺盛的夹竹桃，不用更换，就相当省钱了。政府省下这笔款，对于民众却是好事。

换了这样的角度，再看土耳其的很多物品选择少，比如蔬菜，比如前文提到的卷纸，我意识到，只要品质好，并不需要有太复杂的选择。我们习惯于选项多，但我们得花大量的精力剔除劣质物品。

我坐在棉花堡古罗马遗留下的剧场里，继续想这个多与少的问题。如果从横向来看，现在的中国，物质选项是丰富的,而土耳其是简单的;如果从时间的纵向来看,土耳其这块土地是丰富的,沉淀着太多不同类型的文明,古希腊、古罗马、奥斯曼帝国……相较之下,中国是简单的。

棉花堡曾是古罗马人的温泉胜地,现在仍有辉煌的古城留在山坡上。山坡上,除了遗迹,就是大片大片苍黄的荒草。

就是此处的照片,让朋友圈里的人得出了"荒凉"的结论。

其实,我仔细研究过,这些"荒草"居然全是野长的燕麦。这个季节,燕麦早已成熟,野长的燕麦无人收割,麦秸支向天空,但种子已经落下,等待下一季的轮回。不知早春时燕麦生长的季节,这里是怎样的一片新绿景色。

荒芜与丰饶,不同的角度,得出完全不一样的结论。如果从一位农人的眼光来看,这些金黄、麦黄、苍黄等,都是丰收的颜色,都意味着大地的富饶。但从一位城市人的眼光来看,可能是完全相反的理解。城市人对颜色的理解,新绿浓绿意味着春夏的舒适与热烈,苍

棉花堡，建于公元前190年，公元2至3世纪是全盛时期，成为古罗马温泉文化的中心。它的地理条件得天独厚，石灰岩累积成层层叠叠的白色汤池，远看就如绵软的棉花之堡。现在仍可使用，不收门票。我们看见了不少俄罗斯人泡在温泉汤池里。我更喜欢这里的古罗马建筑遗迹，特别是它的两个歌剧院，坐在席上，可以追忆一下两千年前。

黄浅褐意味着秋冬的凋零与寒冷。不仅是我朋友圈里的人觉得这是荒凉之色,帕慕克也在几本书里谈到过这种颜色。他也不喜欢这种颜色,并举例讲伊斯坦布尔的狗很多就是这种颜色,形容这是介于白色和木炭之间的颜色,是"没有颜色"。

对这种色调的相反看法,也有点像人们对土耳其不同的看法。有的人强调它辉煌的文明史,以及不同文明沉淀下的文化精神财富,也有的人以这些历史为负累。

这种矛盾的心情,土耳其人比我们感受更深。

帕慕克在《伊斯坦布尔:一座城市的记忆》里,用了整整一章来谈这种浅黄褐的色调带给人心里的寒意,他说,人们匆匆回家,"待在卧室里,躺在床上,便能回去做我们失落的繁华梦,我们昔日的传奇梦。当我看着暮色如诗般在苍白色的街灯中降临,吞没城里的贫困地区时,知道至少在晚上,西方的眼光窥视不到我们,外地人看不见我们城里可耻的贫困,是令人宽慰的事"。

再回头讲一下作为行道树的,泥土气息浓厚的,大方艳丽的夹竹桃吧。在我们游荡的其他五六个城市,夹竹桃都是最常见的公共地带装饰花卉，只有伊斯坦布尔不同。伊斯坦布尔是玫瑰的城市，五月的行道花卉是美丽无匹的各色月季与玫瑰。在这一点上，也显示出这座城市跟其他城市的不同——它属于欧洲。

陌生而甜蜜

西门媚 文

土耳其的甜食差不多是我此行唯一不适应的食物。

不管是伊斯坦布尔还是其他城市,糖果店门前总会有当地人排队。伊斯坦布尔的糖果色彩缤纷,样式繁多,小城的糖果看起来则朴素很多,但都一样地吸引土耳其人。路过那些糖果店的时候,我经常忍不住去买一些。店员往往十分热情,送上好些种请顾客品尝。

初尝一口,真是香甜满腮。

待我找个喝茶的地方坐下来细品,却总是觉得甜得齁人,还是初尝的时候最适口。但这绝对是我的问题,喝茶的时候看见身边的当地人都满心欢喜地品尝着这些美貌的糖果。

土耳其人吃得太甜了。我疑心这完全不符合所谓的

土耳其的糖果漂亮得像送给情人的礼物。

科学饮食,他们会不会因此得上好多相关的疾病呢?土耳其的年轻人极少看见很胖的,姑娘大都苗条美丽。老年妇女会比较胖,似乎很多人腰腿都有问题,我猜可能跟这高甜的点心糖果有关。如果我按这个甜度进食,现在不知多胖了。

他们耐得住这样的甜食,估计跟他们热爱的红茶有关。土耳其人太喜欢喝茶了,街边到处是茶馆。这一点甚得我心。

他们喝着土耳其特色的红茶。茶是熬煮出来的,滋味浓郁,用特制的细腰玻璃杯装着。这样的杯子,适宜观色闻香,也能趁热品尝。

他们的茶馆没有边界,在哪里坐下来,哪里就可以变成茶馆。比如,在恰纳卡莱街头,经常看到茶馆小哥拎着一个特制的器具走在街头,那个器具又像篮子又像托盘,里面稳稳地放着两三杯茶,外面有一个透明的罩子。小哥挺着胸脯,骄傲又灵巧地穿梭在闹市人群,去送茶。有的送到小店铺,有的送到小公园,有的送到街边——常有人坐在街边下双陆棋,大约杀得兴起,需要茶来助兴。

我很快就被土耳其的红茶俘虏了。我来自一个喜欢喝茶的城市——成都,但土耳其人比成都人更喜欢喝茶,而且口味忠实。他们喝的茶是大吉岭茶和锡兰茶的混合物,在整个土耳其,这种茶的味道和颜色都是一样的,煮茶的方式和茶具也是一样的。跟成都人很像,他们也喜欢泡茶馆。有的是露天的,有的在室内。进到餐馆或酒店,老板也常端来茶和糖块,请顾客喝茶。我很享受这些红茶,唯一不能习惯的就是往茶里加糖。

恰纳卡莱是一座安乐富足的海滨小城。许多西方人喜欢来这儿度假,但本地人也同样融在这休闲的氛围里。白天都是各种闲人待在街头的咖啡馆、酒吧、公园、书店,消磨着漫长的时光。黄昏来临,下班的人带着家人,来到街边各种吃喝,直至深夜。

他们在茶馆里喝茶,也有点儿成都的感觉,似乎不只是为了茶来,在露天茶馆坐定,三三两两,聊天才是主题。

在科尼亚,我们被一个散发着浓浓麦香的面包房吸引了。那个面包房用土窑烤面包,烤好的面包放在一个个大货架上,满满地排了一整间屋子,就像一个库房,架上的物品就是烟火的富足。周围街坊的主食都依赖他家,我们不时地看见邻居们来买面包。选好面包后,老板请我们坐下喝茶,这才发现他家连带着一间茶馆。茶馆里几个老人正坐着喝茶聊天,感觉他们从年轻时就这样相聚,一直到老年。

甜点配红茶,红茶也配面包。面包是他们最重要的主食。

每次在餐桌上,首先映入眼帘的就是一篮赠送的新鲜面包。

他们的面包大都是手工揉制,面粉也极好,如果是土窑烘烤,就更香韧可口了。我经常一坐下来,忍不住先吃上几块,到正菜上来的时候,已经吃了个半饱。

印象最深刻的是土耳其的鱼面包。鱼面包是我们给

从第一餐开始,我们就发现,土耳其的面食非常好吃。不仅面粉好,烘烤的手法也相当传统,手工揉制,明火窑烘烤,让面包新鲜又筋道,散发着橄榄油的清香和小麦的烘焙香。我们去的绝大多数餐馆,面包或面饼都是免费无限量供应。

它的命名，更准确地说，这是一种以鱼肉为馅料的汉堡包。

第一次吃到鱼面包是在伊斯坦布尔金角湾的加拉太大桥旁。钟鸣、李红夫妇上次来就踩好了点，这个区域既是游客聚集的地方，也是当地人的交通枢纽，既有公共汽车、交通码头，还有连接了几个区的跨海大桥。

大桥边一连串的露天食档，都是经营鱼面包的，制作厨房设在停靠于岸边的船上。

傍晚时分，顾客大约是在匆匆回家的路上，先来解决一下晚饭。

大家挤坐在一起，并没有拼不拼桌的顾虑。有的单独前来，有的三五成群。除了点一只鱼面包，有的会要一份夹米饭的紫贻贝，再喝上一点啤酒。

船上的年轻厨师，看见我上船拍照，开心地和我打招呼，向我展示他正在煎的鱼：好大的一盘，无数的鱼块。刚刚煎好的鱼，会配上生菜、芝麻菜、酱料等等，夹入面包，热烈又新鲜。

我想起经济学有一种说法叫"汉堡包指数"，用当地人购买汉堡包的代价来衡量一个地方的经济状况。这里的鱼面包营养丰富,个头不小,一个简直能顶上一餐,不知比牛肉汉堡包美味到哪里去了。还相当便宜,10里拉一只,算下来人民币才11元,比在国内吃一碗面便宜多了,不知用"汉堡包指数"折算能得出什么结论。

后来在一些黄昏,我们到海边闲逛,常看到礁石上有不少钓鱼人。他们大都站着,旁边放一只矿泉水桶改造的鱼桶,里面已经有好些小鱼了。旁边常有只野猫在守着,看来已经达成默契,都会满载而归。钓鱼人看看收成,骑车离去。我猜,这么一小桶鱼,有的可能带回家自己吃,有的可能就进了鱼面包。

看着他们,不禁陷入幻想,如果住在伊斯坦布尔,是不是每天来钓一下鱼就能活下去了?

我们这一行正赶上里拉贬值,所以买什么都觉得好便宜,特别是土耳其自己出产的东西。五月,正是车厘子上市的时节,我算是实现"车厘子自由"了。最便宜的一次,在伊斯坦布尔的一家小超市里,算下来才七块多人民币一公斤。而且这些车厘子新鲜多汁,比平时在国内吃得好太多了,价格却不到十分之一。

从加拉塔大桥到博斯普鲁斯海峡的沿岸,能看到不少垂钓的人,骑着自行车来,装备简单。黄昏时候,钓上一个小时就收工,拎着半桶鱼走了。

土耳其主要的肉食是牛肉和羊肉，好吃，但时间久了，很想换换口味，所以一旦有机会吃鱼，就不放过。

最美味的鱼面包当属在恰纳卡莱吃到的。有一间小店，就叫"鱼与面包"，生意极好，是我们在街头闲逛的时候发现的，想着要记下这个地方，下一餐就来。

我们拿着地图向漂亮的老板娘问询，希望她能指出现在的位置，以便记录下来。谁知她马上热情地夹了刚刚炸好的鱼块请我们品尝。后来我发现在土耳其，只要向路人开口搭话，差不多都会得到极热情的回应。

之后连续两餐，我们都是带着同伴到这家小店就餐，比我们在伊斯坦布尔吃到的更加美味。

现在翻看那时的照片，我们几人坐在小店柜前的高脚凳上，等着新鲜的鱼面包上桌，像几只馋嘴的猫。

那天，我们去艾哈迈德广场旁的"旅游警察"岗亭寻找旅游地图，没想到就遇到了一个懂中文的年轻警察。他看到我们也十分高兴，自我介绍说他曾在中国外国语学院读书。"我是土耳其唯一懂中文的警察呢！"

斋月的一个晚上,我们去了伊斯坦布尔的一条美食街,每个餐馆差不多都已经满位。点菜后,却迟迟不上。后来发现所有顾客都在桌前等待,直到夜幕降临,敲鼓两次、清真寺唱经一次后,大约八点半过,才开始上菜。整条街都沸腾起来,完全是狂欢氛围。

他热情洋溢地跟我们讲着很标准的普通话。

他开朗大方，高大帅气，听介绍，他的中文名字叫"爱信勇"。爱、信、勇，真是美好的品质。他聊到他的父亲是外交官，现在在美国，这也是他对全世界都感兴趣的原因。但他不喜欢美国，更喜欢中国，觉得中国跟土耳其很像。我问他最像的是哪里，他说亲情和人情味。他举例说，在西方，叔叔和舅舅、姨妈和姑姑、外公和爷爷等，在称呼中是不区分的，而中国和土耳其都有不同的称谓，体现出对亲情的看重。

他很想念中国，我们便邀请他到成都来玩。他笑着说没钱呀，要攒钱才行，现在工资低，一个月才1000美元。

我们热情地加了微信，他还留了自己的电话，说如果有困难就找他。没想到一周后，我们真的打电话向他求助了。

那是我们刚到塞尔丘克，仍是看博物馆，逛街，然后就想着去ATM机上取一些现金。这座小城，虽然旁边就是相当了不起的以弗所遗址和最了不起的古图书馆，但旅游业做得并不怎样，小城仍有自己的节奏，是属于当地人的。我们去了几个提款机都失败了,最后在街头又找到一个,我便急匆匆地把卡插了进去。

谁知,卡忽然伸了一小截出来,很短一点,并不是正常退出的样子,我还没来得及反应,卡又缩了回去。卡就这样被吞掉了,机器也拒绝反应了。再看那个提款机,才发现上面已经有好些锈迹。

我着急起来,一方面想起以前在网上看到的,讲在国外旅游的时候,卡被吞掉、钱也丢失的故事;一方面也为接下来缺少现金而担心。

怎么能取回我的卡呢?

附近有个卖小吃的商贩赶了过来,比比画画,跟我们讨论解决办法。他说,这个机器已经坏了很久了。

忽然就想起那位爱信勇了,便打电话给他。他还记得我们,便仔细询问这台机器上写着什么以及具体地点。好一会儿,他查到了情况,这台机器属于另一座城市的银行,银行说要半个月之后才会来检修这台机器。

我只好放弃取回银行卡的念头,打电话给国内银行进行口头挂失。

我本来打算第二次到伊斯坦布尔的时候,找个时间专程拜访他，但后来计划未曾实施，我们跟爱信勇没有再见面，只一直在朋友圈里相互关注。他关注着中国，每逢中国的节日，他都会发来热情的祝贺，也偶尔发一发他生活的图片，他也在看我们的朋友圈，时不时地为我们点个赞。

整个行程中，我们随时都能感受到土耳其人的热情，凡是有请求必能得到回应，有时，请求并未发生，就已经得到了热情的帮助。

记得刚到恰纳卡莱，长途汽车把我们在城边放下就继续前行了。我们四人拎着行李，站在街头张望了一下，手机里存着酒店的名字，正琢磨着该怎么去。这时，离我们十来米远的街边有一位土耳其男子，微笑地比画着手势，大约是安慰我们，他开始打电话，很快，就有一辆出租车前来，它后面又跟着一辆。一位警察骑着摩托也赶到了，问我们想去哪里，我们把地址给他看，他便去跟第一辆出租车司机讲地址，又去跟第二辆出租车解释，说一辆车就够了。我们上车之后，跟帮我们叫车的男士答谢告别，出租车行驶时，警察还骑着摩托护送了一段才挥手离去。

爱信勇觉得土耳其人和中国人挺像，但在我看来，对陌生人热情友好这一点相差太远了。

另外还有一个神秘现象，时不时会遇到当地人邀请我们一起合影，特别是西闪最受欢迎。有时是二十来岁的小伙子，有时是十多岁的初中女生，也有同样在旅行的人，他们举着手机，很高兴地和我们挤在一起拍照。

因为我们平时都没有自拍的习惯，回来后才想起，怎么没有也拍一张自拍，记录下这有趣的相聚。

风与火的试炼

西闪 文

下午三点的独立大街人潮汹涌,海风从地势较低的加拉太塔(Galata Tower)那一头向塔克西姆广场这一头漫过来,像浪花一般托起路人轻盈的脚步。

我站在哈菲兹·穆斯塔法糖果店的门外欣赏街景,以此抵挡甜到伤心的土耳其软糖。一个身材高挑的青年男子走过来,快活地和我身边的一对情侣行了贴面礼。先是左脸颊,接着右脸,原本应该再贴一下左脸的礼仪却省略了。看来他们非常亲密,只是很久没有相见。三个人都很俊美,与典雅而热烈的街道格外匹配。

这样的美景并非一直存在。美国教授查尔斯·金(Charles King),在《佩拉宫的午夜》里写到自己和大学室友第一次到伊斯坦布尔的情景。那是1987年,独立大街衰朽不堪。除非有充分的理由,没有外人愿意到这里冒险。而那些理由包括到黑市里给自家的台灯找一截电线,或者跟一个变性的娼妓秘密约会。

不仅独立大街,整个贝伊奥卢区(Beyoglu),乃至伊斯坦布尔和土耳其,不都沉浮于时间吗?中世纪的时候,这个地区是意大利人的商贸基地。1273年,拜占庭皇帝正式把它赏给热那亚人,以回报他们的支持。在当时,金角湾以北的这片繁华区域叫作佩拉区(Pera)。而独立大街,也就是以前的佩拉大街,晚至1890年才出现。

在那五六百年间,兴盛与衰败交替。皇帝被苏丹取代,加拉太塔的对岸竖起了宣礼塔,教士和托钵僧擦肩而过。立足此地的人,无论经受的是繁华还是地震,荣耀抑或火灾,端看他生活在哪个时间节点,处在何种角度。即使进入20世纪,建筑师柯布西耶仍然和过去的观察者一样,把伊斯坦布尔喻为世界之都,可是海明威却觉得这个城市根本不像他在影院里看到的那么闪闪发亮。相反,包括佩拉区在内,整个伊斯坦布尔犹如被推入手术室的爱人,令人心如死灰。

从这条步行街上走过的,不仅是记者、游客、建筑师和情侣;土耳其之父凯末尔、侦探小说女王阿加莎·克里斯蒂、苏联红军的缔造者托洛茨基以及晚清维新志士康有为都曾在街上驻足。东方快车的第一批乘客必须经过这里才能入住佩拉宫酒店,一些虚构人物也在佩拉大街上游荡,他们是阿加莎、海明威和格雷厄姆·格林的创造物。

更坚实的创造物位于街道两侧,例如著名的齐切克帕塞基餐厅,我们在那里享用了一顿以羊肉为主的丰盛午餐。餐厅的历史比街道更久远,它以前是奥斯曼苏丹时常光临的剧院,在1870年的佩拉大火中严重受损。之后这幢建筑经过多次改造,内部增添了廊街,开设了酒馆,一度被命名为"佩拉城"。十月革命后,流亡至此的俄罗斯贵族女人们在这里售卖鲜花维生,直到建筑物最终有了现在的名字。"Çiçek Pasajı",在土耳其语中就是鲜花廊街的意思。

另一幢著名的建筑物是帕多瓦的圣安多尼主教座堂。这座伊斯坦布尔最大的天主教堂建毁多次,但一直由意大利人主导,据说20世纪初,佩拉区还生活着上万的热那亚人和威尼斯人。若望二十三世也是意大利人，他当选教宗之前在这里布道十年，对土耳其人非常友善，被称为"土耳其教宗"。教堂前立有他的塑像，风格平实，颇符合"善良若望"的美誉。

再坚固的创造物也抵不过多变的世事。1923年，新生的共和国决定将佩拉大街改名为独立大街，以此纪念独立战争的胜利。然而，大街两侧英国、法国、俄罗斯、荷兰、西班牙和瑞典的领事馆分明在时刻提醒那场独立战争的复杂成因。很快，政府提出了雄心勃勃的改造计划，决定把整个佩拉区改造成工业园，大街两侧的老旧建筑都将悉数拆掉，把空间留给高楼大厦、笔直的人行道和林立的烟囱。如果不是因为二战的动荡和财政的困难，这个计划足以将佩拉大街从人们的记忆中彻底抹去。

不过，佩拉大街终究变成了独立大街。街道一头，热那亚人修建的加拉太塔（1348年修建）容颜不改；街道另一头，塔克西姆广场上新塑了纪念国家缔造者的青铜大理石纪念碑（1928年修建）。三公里长的街道联结着近六百年的历史。

独立大街是伊斯坦布尔最有名的街道之一,全长约3公里,除了有轨电车,仅限游人步行。大街两侧商店林立,更有多处名胜。包括天主教堂、犹太教会、东正教教堂、清真寺、亚美尼亚教会以及西方各国领事馆。

独立大街靠近加拉太塔的一侧小径纵横,特别适合寻幽探秘。这条小路向上通往加拉塔萨雷高中(Galatasaray Lisesi)。这所学校的前身是1481年奥斯曼苏丹设立的宫廷学院。

然而这并不沉重。海风依旧从低处漫过来，行人的脚步依然轻快从容。看待历史，土耳其人有一种令我惊讶和羡慕的豁达与宽容。就像"Pera"这个单词，我一度以为它来自意大利、法国或葡萄牙，实际上却是一个找不到出处的古希腊俚语，意思更是随便到无所谓的程度——那边的地方。

"那边的地方"或者"那段历史"，我们要是也能这么轻松地说说过去的事，该有多好。

海风也曾带来麻烦。早在拜占庭时代，君士坦丁堡就是火神的试炼场。风助火势，一遍又一遍地重塑着这个城市的面貌。在1203年的一场大火中，一群船上避难的人看见起初的火势从靠近海岸的低处向高处蔓延，忽然北方刮来强劲的海风，火焰陡然拔地而起，像一座座山峰一般直抵天空。风向变幻莫测，火势此起彼伏，眼看幸免于难的房屋，转瞬间又遭火舌吞噬。雕塑、立柱、建筑，一切都像灌木在火中燃烧。据说大火一直烧到圣索菲亚大教堂的门廊才停了下来，其他教堂没有这般幸运，多数在烈焰中化为焦土。

我看过17至18世纪伊斯坦布尔的火灾分布图，相对佩拉区而言，灾难多发生在金角湾的另一侧，那是人口更加稠密的地区，黑海刮来的北风罪无可逭。

即使没有祝融之怒，风灾也够恼人。五月的海风固然多变，却不像冬天那般令人生畏。一旦到了那个季节，整个城市都会冻僵在凛冽的寒风里。那样的境况，我在土耳其摄影家阿拉·古勒的照片中见识过。在独立大街的中段，靠近加拉塔萨雷中学的二手书店里，同行的诗人钟鸣敏锐地发现了他的摄影集，其中多幅作品拍的都是贝伊奥卢区，从1954到1984年，由盛而衰的时间跨度足足30年。

阿拉·古勒有"伊斯坦布尔之眼"之誉，他事无巨细地记录着城市的一切。不过我留意到，他的镜头里有风也有火，却独缺眼下无处不在的一样东西——国旗。那红色的旗帜插在独立大街大小商铺的门口，悬在贝伊奥卢区居民楼的窗口，也飘在加拉塔萨雷中学的楼顶。有些旗帜尺幅巨大，哪怕街上人声嘈杂，也掩不住它们在海风中发出的猎猎之声。

猎猎旌旗把我卷入土耳其电信竞技场（Türk Telekom Arena）。那是加拉塔萨雷足球队的"神庙"，拥

无论何处都可见迎风猎猎的国旗。这是伊斯坦布尔大学的大门,诺贝尔文学奖获得者奥尔罕·帕慕克就毕业于该校新闻系。

有全世界最狂热的球迷。一旦卷入其中，任何人都会立刻被旗帜的红海吞没。那也是土耳其国家队的主场，当开场哨响起，五万个陌生人将融合成一个持续巅峰体验的巨人，时而哭时而笑时而愤怒时而惆怅。这是休戚与共才能带来的效果，是最虚无的实景，也是最真实的幻象。

我们离开伊斯坦布尔不久，90岁的古勒辞世。他的镜头里似乎永远看不到的旗帜，最终覆盖在他的灵柩之上。

如果说相机终结了一个时代，那么手机终结了另一个。古勒的镜头停留在上个世纪，如今哪怕在旅游景点也很少看见相机。人们举着手机摁下快门，比眨眼还随意。

在土耳其，独自摆弄手机的人不多，也许他们还没有被抖音之类的短视频俘获。相形之下，土耳其人似乎更喜欢聚在一起自拍。在伊斯坦布尔，在恰纳卡莱，在棉花堡，我不时停下来接受路人邀请，加入一场即兴的自拍。在海滨小镇阿索斯，数拨年轻游客找我自拍，他们像是来自巴尔干半岛。当地的小孩也追着我自拍，因得到满足而欢欣雀跃。在伊兹密尔,也就是古老的士麦那(Smyrna),一个穿白衬衣的年轻人飞快地用手势向我表达一起自拍的意愿,另一个白衣少年诚恳地递上香烟,只为和我自拍一张。他们十七八岁,浅棕色的皮肤在阳光下发亮。他们让我站在中间,45度仰角摁下快门,仔细查看照片,露出心满意足的神色。

如今,夜晚的海风摇曳着加拉塔大桥下卖鱼面包的渔船,几个游客模样的年轻人走过来,再一次连比带画地要跟我拍照。他们刚从法国飞来,似乎一眼就看中了我这张东方面孔。海风拂来,大家一齐微笑。

阿索斯的美丽传说

西门媚 文

第一眼看到她，仿佛进入了一个电影场景，比如《西西里的美丽传说》。房东太太站在阳光下，朝我微笑，走了两步，伸出手来和我相握。

她穿着露肩露背鲜艳花色的连衣超短裙，脚上挂着人字凉拖，金栗色的卷发及肩。身材娇小苗条，脸形轮廓和眉眼嘴唇，在光与影的勾勒下，都十分鲜明动人。

我一时不能判断她是哪国人。在土耳其游荡了好几个城市，见过不少美丽的姑娘，但此时觉得她是我所见最美的女子。我猜她应该不是土耳其人，也许是法国吧，或是西班牙？

这不仅是从她的发色五官，更是从她的打扮气质、举手投足来判断的。她显得开朗大方、性感迷人。

我当时正从房间里午休出来。她站在小院，身后还有一个胖胖的老妇人。小院被石屋石墙环绕，既古老又现代。古老是因为这石材和当地环境非常相融，仔细一看，又相当具有设计感，跟远处贫困破败的民居完全不一样。

我们所在的这个小酒店，在村子的边上，宛如一个小型城堡。这个小型城堡可以让我们完全退守两日。

我们的房间也是古老和现代风格的奇特融合。主墙是古老厚重的大石，精心改造后，变成了风格相当现代的舒适房间。

我研究了一下，这应该是利用当地人的几间老房子，花了大价钱设计装修成如今的样子。最叫绝的是从窗口蹬木梯出去，就是一个风景无敌的大"阳台"。这阳台并非修筑，而是利用天然的悬崖。在悬崖上种上绿植，摆上躺椅，就是一个天造地设的阳台了。悬崖下，是无边的大地。

这个阳台是我们这两日最喜欢待的地方。

我们在外面游荡的时间不太多，因为这个叫阿索斯的地方跟我们预想的完全不同。

在我们的想象中,阿索斯应该是一个人气十足的古城,亚里士多德都在这里住过嘛,在公元前几百年,这里就是一个文化大城。但出现在我们眼前的,只是一个敷衍粗陋的小村子。村里只有一两条小路,路两边是临时摆出的旅游摊档,卖些粗糙的批发来的纪念品。一切都太简陋了,很像中国的某些小旅游点。

有一些餐馆小店,都是为旅游者准备的,这个村里并没有原住民,游客也大多游荡一两个小时,就乘旅行大巴呼啸而去。入夜,这个村里一片黑寂。

我们这家小酒店,内里的十足豪华,让我十分不解。房东夫妇为什么会在这个贫困的地方,花大价钱修筑这么高档的小酒店呢。就算房费不菲,也难以收回成本啊。我们坐在阳台上的时候,拿了望远镜四向探望。望远镜是房间里配备的,房东夫妇肯定知道待在这里会相当无聊,所以配了高档的音响、望远镜之类来让客人打发时间。

通过望远镜,我们能看到大地上的各种小细节。不仅是丘陵、河流、小路、小桥,还得见小块的农田,歪斜欲倒乃至半塌的农家小屋,甚至能发现小屋里饮茶的农民，远处傍晚牛群正在回栏，牛铃叮当清脆的声音，传得很远。我们所在的悬崖下面，牧羊人赶着一大群绵羊正在回家，羊身上的铃铛是细碎的叮铃声。

这家小旅店一共只有三间客房。

我们最先接触的是房东。房东给我的感觉跟他太太完全不同。他样貌也不差，晒足了太阳的肤色，穿着已经看不清原色的短裤短袖，很有点邋遢，既像在做工，又像在度假。但他每件事情都给我相当不靠谱的感觉。

他最初通过我们订房的网站联系我们，问我们是否改变行程，然后应承到艾瓦哲克车站去接我们，我们在车站等了半天，他并没出现，打电话，他让我们自己坐小巴到阿索斯，小巴把我们放下后，给他打电话，他又让我们自己去找酒店。我们拖着行李爬坡，到了一个三岔口，实在找不到方向，谷歌地图也查不到，周围只有游客，问不到路。再一次打给房东，他磨了半天才来。我们发现，就是开车一两分钟的路程而已。

他言谈很热情，总是主动应承很多，但基本全是空话。

从酒店悬崖阳台上望下去,能看见广袤大地,牛羊归栏。

他跟我们聊天,说他母亲是伊斯坦布尔人,父亲是西班牙人。又说这个地方没什么好玩的,如果我们要去山脚海边的小渔村他可以接送我们。当然,事后发现,他也只是说说。

我们称赞他的酒店漂亮,他说都是太太的功劳,太太很能干。

我们在房间里,发现每个小细节都处理得又周到又美观,门口还有个小便签,描着两个中文字"欢迎"。这都是他太太的手笔。

没想到,房东太太,不仅性感漂亮,还这么能干。

晚餐时间快到了,房东过来说他们这里没有餐食,但可以给我们推荐。我们欣然同意,他热情地说要带我们去。

我们以为会如他之前所说带我们去海边,结果他并未开车,而是在村里七绕八绕,把我们带到一家小店。那小店打扮得有些文艺,大约并不主要经营晚餐,是以卖酒为主,店主也是一位漂亮女人,容貌身材都比房东太太逊色一些,但似乎年轻几岁。

这文艺小店,细一看,并非真的文艺。阳台花盆里的花都已经干枯。种花草最需要耐心，做不得假。

我们刚坐下来就觉出不对，于是非常谨慎地只点了两份汤。最后一结账，发现这是我们此行最贵的汤，一份就三十几里拉，我们之前所到的餐馆，汤都是几里拉到十多里拉不等。

其间，我们的房东还来转了两圈，跟女老板亲密到暧昧。从他们的肢体动作来看，房东是在向女老板邀功。不只是邀功，还有点索求回报的意思。

看了这一幕，我们再见到房东太太的时候，心情就有点复杂。在阳光下，我看见她金栗色的卷发里夹杂着几缕白发。在她的眼睛里，我觉察到了一丝忧伤。

我猜，她至少35岁了，房东应该比她稍小一些。

她跟我们讲，她来自哈萨克斯坦。她非常喜欢中国，念大学的时候曾去过乌鲁木齐和广州。她谈得高兴，去搬了几样珍藏的宝贝给我们看：绿茶、木耳、花菇、腐竹。

我们这次旅行，正迷上了土耳其的红茶；没想到她住在土耳其，喜欢的却是中国的绿茶。

她的这几样宝贝，是南中国最寻常的食材。也很像我们，被远方迷惑，而迷上的标志性事物，也是远方最日常的东西。

跟她多聊了几句。果然如我猜想，这座相当豪华的房子并非他们所有，而是租下来经营的。有钱的美国老人花大价钱在这里修了房子，又不想住，租给了他们。他们夫妇俩，除了冬天的三个月住在伊斯坦布尔，平时都守在这里。

只是这里的日子单调孤独。我们来的这两天，在酒店里不能上网，据说村里的网络也坏了。不知他们平时状况如何。

酒店的早餐是房东太太亲自做的，相当漂亮丰盛。我猜，在这穷僻山村，必须靠这些精致细节来让顾客觉得物有所值。

公共的客厅也建在悬崖边上，半环绕的玻璃墙，日出与日落都能观赏。

我在这里眺望另一处高地。那里有一座残缺废弃的古建筑，一条小路通向那里。古建筑、树木、泥土，在夕阳下都抹上了一种神秘的砖红色。

我们所在的这个高地就是阿索斯。在古希腊、古罗

老板娘亲手准备的早餐,不仅可口,更是相当上镜。

马的时候，不远处的那个高地应该也属于"阿索斯城"。只是经历几千年的变迁损毁，现在已是贫瘠山野。

之所以诞生现在这个叫"阿索斯"的旅游小村，是因为紧挨着雅典娜神庙的残迹。残迹被圈起来，留存下的东西极少，只是修复了几根柱子，插上了土耳其国旗，才成为一个公园。学生们坐大巴来参观，算是文化与爱国教育。因为我们已经在半个土耳其看过太多让人惊叹的古希腊与古罗马的遗迹或宝物，眼前这座空旷的博物公园完全不能让我们满足。唯一的特点是，从山顶望出去，隔着爱琴海就能看见希腊的莱斯沃斯岛。

除了雅典娜神庙，这里作为一个旅游小镇，亚里士多德是更重要的卖点。村口有一座新塑的亚里士多德的雕像，十分丑陋，像一个穿着白色浴袍的粗鄙胖子。

我在小酒店的客厅里，望向另外一个高地。那里除了一座孤零零的残破的老建筑，还有从更远处向这边跨越山坡丛林而来的电线杆。

那边没有民居，也看不到人。从颜色辨认，山坡上那一丛丛偏绿灰的植物是橄榄树。

那山路蜿蜒，由多年前的人迹形成。

要说这里还有什么跟亚里士多德有联系，唯一能确定的应该就是这山上小路了。

据说，阿索斯的名字来源于古希腊神话。希腊大力士阿索斯打败海神波塞冬，并用山把他压住，这个地名就命名为阿索斯。

公元前347年，亚里士多德的老师柏拉图去世，亚里士多德离开雅典，应阿索斯城主之邀，在这里住过两三年，建立学园，进行研究和教学，并娶城主的侄女为妻。那时，他一定会在这些山路上散步。

我在这里画了一张画，画的是夕阳下的古迹、山坡与小路。我想，这应该是关于亚里士多德与阿索斯最美的景致和想象了。

离开阿索斯后，我偶尔想起那美丽的房东太太，想起告辞时她再一次表达对中国的喜爱，我们当然也邀请她再到中国，并告诉我们来自四川，那里除了她喜欢的绿茶、花菇、木耳、腐竹，还有大熊猫。这些客气的邀约，让她眼里泛起一丝忧伤，她轻轻摇摇头说："很难有机会了，现在回家也很难。"

从我们所住的地方望出去,能看到阿索斯山坡上古代建筑的遗迹、近处的橄榄树,以及被黄土与荒草侵袭的古道。亚里士多德的大城已经衰败成一个小村。于是,我在黄昏即将来临之时,画下这张写生:《亚里士多德走过的路》。

我们没有更多的交流，只能猜想她的人生轨迹，漂亮性感聪明的她，受过不错的教育，从哈萨克斯坦到伊斯坦布尔，再到阿索斯，也许是以婚姻为代价，花了三十多年，才走到这里。看她丈夫的状态，估计未来，她的人生轨迹还会曲折延伸，最终成为一个小小传说。

阿尔忒弥斯之惑

西闪 文

在安纳托利亚四处游荡时,Kindle 里装了十几本电子书,其中最让我觉得不可思议的是人类学家弗雷泽的名著《金枝》。这本书大学时期翻过,没怎么读懂,但在土耳其读它实在太合适了。

阿尔忒弥斯(Artemis)是贯穿《金枝》一书的角色。这位古希腊人崇拜的神祇在时间之河中一次又一次地浮现,其影响长达数千年。在斯皮尔伯格的电影《头号玩家》里,女主角的网名就叫 Artemis。

女神的地位很崇高,她是宙斯的女儿,阿波罗的孪生姐姐,奥林匹斯十二主神之一。到了罗马时代,她仍然备受尊崇,继续掌管着月亮、狩猎、繁育和巫术,只不过有了一个拉丁化的名字"戴安娜"(Diana)。

比地位更吸引我的是女神的形象。很多场合阿尔忒弥斯一身利落的猎人装束，活跃在月夜中的山林，但在以弗所考古博物馆，我看到的却是另外一个形象。她端正肃立，双手小臂平举，服饰繁复，完全没有希腊风。说来好笑，远观时我想当然地以为，女神的上半身披挂锁甲，走近一看才发现，那是胸前排成三行的乳房——多达37个。显然，生活在这块土地上的古人，祈望阿尔忒弥斯保佑的并非狩猎那么单纯。正如古罗马学者圣哲罗姆（Saint Jerome）所说："以弗所人尊崇的戴安娜，不是那个著名的女猎手，而是一个长有多对乳房的女子，因为在希腊人看来，这一形象足以让人相信，她哺育了所有动物和生灵。"

阿尔忒弥斯和雅典娜、赫斯提亚并为古希腊三大处女神，以弗所人凭什么认为一位贞洁女神可以分泌乳汁哺育万物呢？直到逛完博物馆，我的困惑也没有消除。好在阿尔忒弥斯不是以弗所考古博物馆的唯一亮点。博物馆不大，内容却很丰富。大量的雕塑、陶器、饰品、钱币和棺椁，每一件珍宝都值得久久驻足。

困惑跟着我，即使第二天到了阿尔忒弥斯神庙，

以弗所考古博物馆内的阿尔忒弥斯雕像似乎暗示了她的历史远比古希腊神话更加悠远。

它也没有消失。神庙名列古代世界七大奇迹之列，不过现在几乎什么都没留下。这个地方经历了无数浩劫，最有名的一次发生在公元前356年，整个神庙付之一炬，一个卑鄙的以弗所人为了出名故意放的火。法庭为了抵消罪犯相当现代的作案动机，除了判处死刑，还下达了"记忆消除令"，试图把纵火犯的姓名和行迹从所有的记载中彻底抹掉，但是没有成功。两千多年过去了，罪犯的姓名还是被人提及，甚至成功登上银幕，成为1967年一部英国电影的片名。这个以弗所人叫赫洛斯塔图斯（Herostratus）。在西方文化中，"Herostratus"俨然成为一个高级隐喻，意指那种想出名想疯了的人，以及为了出名做出的疯狂之举。我心想，这个词在未来肯定会比阿尔忒弥斯更有名。

在历史和现实的挤压下，阿尔忒弥斯神庙遗址缩小了不少面积。遗址上除了青草和十几块巨石，就剩一根孤零零的圆柱。像这个城市的所有柱状物一样，石柱的顶部居住着白鹳。每年四到九月，成对的白鹳都会飞临此地，在城市的烟囱、路灯和楼顶上筑巢，共同繁育后代，看来阿尔忒弥斯繁育生灵的神力没有完全消失，对

阿尔忒弥斯神庙,历史上多次被毁,今天几乎不存。1869年人们找到遗迹,将仅有的石头垒成石柱,以资纪念。

此信心尚存的当地人还在遗址上放养着孔雀和鹅群。

来去神庙的路上也是万物繁盛的景致，幽静的桑椹树散发着成熟的甜香，坠落的果实把地面浸染成了暗紫色。在甜蜜的呼吸中，我又记起《金枝》的章节。弗雷泽没有明确解释阿尔忒弥斯的来由，只是崇拜她的历史非常悠久，且意义重大。"人们崇奉她是伟大的女神，掌管着人类、牲口和田地的生产；敬仰她庇佑人类多子多孙，保佑孕妇顺利分娩。"

如果因此以为阿尔忒弥斯像母亲一般仁爱那就错了。《金枝》里写道，以弗所人会定期向她献祭误入此地的陌生人，守护神庙的祭司不但必须自我阉割，还只能通过杀戮的方式进行新老更迭。荷马在史诗里也曾写到，阿尔忒弥斯要求阿伽门农把女儿献祭给她，不然就会阻挠联军对特洛伊的进攻，可见女神的确不易相处。

难道是因为阿尔忒弥斯的月神属性？阴晴圆缺历来象征着喜怒无常。还是说她与巫术的关系密切？毕竟从古罗马一直到中世纪，戴安娜都是女巫的隐秘主宰。虽说这些答案都有道理，但直到回国后看到一张图片，我的疑惑才基本消除。

那是一幅奇妙的插图，藏在17世纪西方学者阿塔纳斯·珂雪（Athanasius Kircher）的著作里。一尊雕像醒目地伫立在画面中，她是以弗所的阿尔忒弥斯吗？有人说是，有人反对，说那是埃及的女神，自然与魔法的守护者伊西斯（Isis）。可是就我所见，伊西斯的众多形象中没有一个长成那样的。

还是哲学家皮埃尔·阿多（Pierre Hado）的解释最清楚。他在引人入胜的《伊西斯的面纱》里认为，从埃及的伊西斯到以弗所的阿尔忒弥斯，再到罗马时期的戴安娜，以及中世纪的魔法女神和17世纪以降的自然女神，其实是一个神祇的变化史。随着时间的流逝，女神的形象在变，司职在变，象征也在变，但变化本身并非任意，而是有章可循。这个解释令我想起弗雷泽的观点，他坚持认为，古代的巫术与现代的科学存在逻辑上的一致性。

奇怪的是，当答案越来越清晰，我却开始怀念阿尔忒弥斯神庙的荒芜，还有那一路上甜蜜的呼吸。

安纳托利亚高原上

西闪 文

宇宙在心中旋转

"我有一大桶葡萄酒，却没有杯子。"形容土耳其之旅，再没有比这更好的诗句。从伊斯坦布尔飞抵科尼亚，我还没有想起鲁米的这句诗。我想到的是20年前的昆明。同是高原城市，五月的科尼亚和昆明一样阴晴不定。机场旅客很少，低矮的云层压着通往市区的公路，一切都寂寥无垠。

到旅馆放下行李，还没有走进房间，就看见墙上旋转的托钵僧。剪贴画干净利落，背景却是半张中文报纸，想必取材自某个中国游客。

旅馆的位置极佳，步行10分钟就到了梅乌拉那博物馆（Mevlâna Museum），那是我们飞到科尼亚的理由，诗人鲁米就葬在此地。

在此之前，我只知道鲁米是伊斯兰苏非派的一代宗师，举世闻名的神秘主义诗人，却不知他的名字本身就带着神秘。梅乌拉那·贾拉鲁丁·穆罕默德·鲁米（Mevlânâ Celâleddin Mehmed Rumi），梅乌拉那是尊称，意为我们的导师。贾拉鲁丁也是尊称，圣人的意思。鲁米也不是本名，有人说那是因为诗人生在鲁姆（Rum），即当时的拜占庭帝国。实情并非如此，他的确出生在一个帝国，但那个帝国叫"花剌子模"。其实鲁姆指的也并非东罗马，而是罗姆苏丹国，它曾统治安纳托利亚地区，即今天土耳其的大部分，首都之一就是科尼亚。可能只有穆罕默德算是诗人真正的名字吧？

青少年时期的鲁米居无定所。花剌子模一度疆域辽阔，远超拜占庭，却破碎于成吉思汗的铁骑。1220年，14岁的鲁米跟随父母从波斯地区逃往巴格达、叙利亚和麦加，九年后才在科尼亚安定下来，不过他毕生不忘用波斯语写作。

在科尼亚,鲁米的父亲取得了近乎国师的地位,还担任了高等宗教学校的校长。1231年去世后,这个职位被鲁米继承。

有趣的是,鲁米的诗歌很早就被翻译成了中文,我手中的《鲁米诗选》出版于1958年,薄薄一本,不到60页,仅收11首诗,联想到中国那时候的情形,总觉得有些神奇。诗选以寓言体为主,卷首的一篇现在读来毫不过时。诗中描写一个文人去文身,"用钢针绘刺,用颜料涂染",要在肩上文一只狂怒的狮子,以此彰显自己的勇敢坚定,不料几针下去就痛得嗷嗷叫,请求师傅省掉虚荣浮夸的尾巴、毫无必要的鬃毛以及并不重要的脑袋。有如叶公好龙的寓言,鲁米的立意更高,他似乎在暗示,要把精神从肉体的枷锁中解救出来,苦痛是必要的手段。

除了苦痛,任何直觉性质的体验都能帮助苏非派的信徒们与真主亲近,甚至与道合一,鲁米的诗歌反复诉说着这一道理。在另一首题为《语法学者与舵手之争》的诗里,他说得更加透彻——博学的语法专家批评无知的舵手"白活了半辈子",待到狂风巨浪之时,默然不语的舵手问清学者不会游泳，叹息道："唉，博学之士啊，你白活了一辈子，船将沉入水底。"我很自然地想起哲学家迈克尔·波拉尼（Michael Polanyi）所谓的默会知识，也许他的思想就来自"苏非主义"？甚而直接源于鲁米？

苏非（sufi）这个词源自羊毛（saf），指的是苏非派信徒们身披的羊毛褐衣，那是苦行与修道的象征。据说先知穆萨（也就是基督教中的摩西）与真主交谈时就穿着一件羊毛褐衣，去世时也是。因此对于苏非派的信徒来说，苏非这个名称既荣耀又谦卑。最早自称苏非的人出现在公元8世纪，而在1239年以前，鲁米还不是一个苏非信徒。

在继承父亲的职位后，为了增广见闻，鲁米四处游历。1235年，他返回科尼亚，过着安宁富足的教授生活，直到平静被一个名叫夏姆斯的托钵僧打破。鲁米与这个衣衫褴褛的苏非行者一见如故、须臾难分，他们一起彻夜讨论神学，数月不吃不喝。在夏姆斯的影响下，鲁米放弃了教职和地位，这样的友谊当然招致众人的猜忌。1242年的某一天，正当两人探讨学术之际，夏姆斯被人唤出了后门，自此失去踪影，音讯全无。苦苦寻找了两年，失望的鲁米回到科尼亚，开始了他的诗歌创作。据说，他在所有的诗作上都署上夏姆斯的名字，还有一本抒情诗集也以夏姆斯命名。从公元7世纪算起，苏非派涌现了不少宗师与圣徒，鲁米可能不是最重要的——最近我读中国人撰写的《苏非之道》，发现鲁米的贡献几乎被一笔带过，却肯定是诗歌写得最好的。他的诗超越宗教、民族和国境，享誉世界。为纪念他的诞辰，联合国将2007年定为"鲁米年"。

不过，土耳其的中国游客大多知道鲁米的贡献，就是托钵僧的旋转舞。相传正是鲁米在初遇夏姆斯的狂喜中发明了它。旋转，旋转，无尽的旋转……我忽然又想起旅馆中那幅以中文为背景的剪贴画，心中产生了一丝荒诞感。我默念着鲁米的诗：

> 来，让我们谈谈
>
> 我们的灵魂
>
> 让我们甚至躲开
>
> 自己的耳目

就像玫瑰花园一样

永远展露微笑

就像幻想一样

永远无声地言说

鹰嘴豆与爱的旋涡

科尼亚的下午天色阴沉,空气透明,两个年轻姑娘迈着小碎步,从我们的前方穿过街道。其中一位女孩手里拿着一捧不知名的绿色植物,远看就像四川人喜爱的豌豆尖。待我们走近才发现,同样的植物堆满一架大板车。枝条像虞美人一样有弹性,叶子却像薄荷,果荚类乎扁豆,浑身覆盖细细的白色绒毛。可惜听不懂货贩的比画,不知它是何物,有什么用处。

转过街角,在塞利米耶清真寺(Selimiye Camii)门前的广场上,又看见那两个姑娘。她们坐在石凳上交头接耳,不时笑出声来。好奇心驱使我们走向前去,用英语向她们请教。感谢谷歌翻译,其中戴花头巾的女孩把名字输入我们的手机：鹰嘴豆。她还剥开一个豆荚，请我们品尝。我们吃过成熟的鹰嘴豆，但从未见过整株植物，更不知道它能当作鲜嫩可口的水果。

在磕磕绊绊的交谈中，女孩也掏出手机，欢快地邀请我们来一张自拍。在伊斯坦布尔或者恰纳卡莱，不少土耳其人会热情地和我们玩自拍，但没想到在维基百科上被标签为"土耳其宗教最保守的大都会之一"的科尼亚，和陌生男女一起拍照也这样自如。

与玩自拍的姑娘相比，她的同伴无论穿着还是举止都要稳重许多，不过从她的神情看得出来，同伴的开朗活泼没对她造成什么困扰。

整个广场不见游客，几乎全是本地人。男士大多身着便装，夹克、羽绒服、西装都有。女士不少戴着头巾，穿着齐踝的深色长袍，但也能看到一身牛仔服的少女和不戴头巾的时髦女子悠然经过。

我不禁猜测，保守或许只是外人贴在科尼亚人身上的标签。如果他们的保守就是我所见的，那保守也值得尊重。因为在这里，我没有看到一个用头巾面纱以及黑色罩袍把自己严严实实包裹起来的女子。相反，在伊斯坦布尔，那种令人侧目的装束并不罕见——保守与极端不是同义词，说不定保守还是阻挡极端的天然屏障。毕竟，科尼亚是苏非派的地域核心，这个伊斯兰教的派别历来以宽容和平著称。

至为核心的是梅乌拉那博物馆，它紧邻清真寺，位于广场东侧，那里安葬着鲁米。在他的直接影响下，诞生了一个名叫"梅乌拉那教团"（Mevlevilik）的宗教团体，以及一种名叫"萨玛"（Sema）的宗教仪式。世人皆知的托钵僧旋转舞，则是萨玛的一个环节，严格来说，跟舞蹈没有关系。

在土耳其语中，"sema"是天空或天堂的意思。也有观点认为，这个词来自东方，跟突厥语里的萨满文化有关。我却想到了柏拉图，在一篇对话里他说，当我们死了，身体就是我们的坟墓。古希腊语中，身体叫"soma"，而"sema"的意思竟然是坟墓。天堂与坟墓，一对难解的象征，难怪旋转舞给我一种天人交通的神秘观感。

后来读相关书籍，方知有学者提出，苏非派植根于古代东方思想、新柏拉图主义和基督教相互混合的土

科尼亚,一译"孔亚",位于安纳托利亚高原腹地,土耳其最古老的城市之一。图中的梅乌拉那博物馆是苏非主义之集大成者鲁米的陵墓,也是苏非派托钵僧的修行之所。据考证,伊斯兰世界的传奇人物纳斯雷丁(Nasreddin),即中国人熟悉的智者阿凡提,一定程度上就是依据鲁米的形象塑造的。

壤，与那些教义严格的宗派有较大分别。在伊斯兰内部，甚至有不承认苏非派的声音。一般来说，大多数宗教信徒企求的无非是来世的幸福，以及上天的奖励。但苏非不一样，他们追求的只有爱，一种认识真主，喜爱真主，与真主合而为一的大爱。

大爱不能靠知识，也不能靠教义，只能依靠生命的直觉体验。苏非派认为，直觉可以激发灵魂的光亮，映照通往真理的道路。有时候，他们也把大爱的状态叫作"混化"，意指苏非行者（也就是托钵僧）通过苦修，在认主入神的过程中达致的陶醉与狂喜，那是一种忘却自我的极乐境界。所以，鲁米发明的旋转，不是舞蹈，而是"爱的修炼"。

不过，当我走进人头攒动的梅乌拉那博物馆，我也明白，再高蹈的理想，终有与尘世和解的一天。生前有人问鲁米将来葬身何处，他笑着回答，天空不是最好的归宿吗？可当他真的去世了，儿子和门徒却把他安放在镶银镀金的棺椁之中。陵前写满色彩浓烈的阿拉伯经文，实木大门上雕饰精美，依次排开的小型展室里供奉着诗人的著作、生活用具和《古兰经》的13世纪手抄本，挤满了世界各地的朝圣者。展馆、陵墓、花园、水池，一切都成了圣物。在礼拜室，我看见不少妇女跪在地上祈祷，据说圣人还能保佑生育。

离开梅乌拉那博物馆，雨中步行1.8公里，我们来到郊外的科尼亚文化中心。每逢周六，这里会举行土耳其最正宗的萨玛仪式。宛如星空旋转的穹顶之下，先由一位长者致辞，接着苏非教徒们开始演奏"阿音"。音乐分四个部分，乐器有长笛、鼓和铙钹。一个圆脸的乐手起立吟唱，听起来颇有波斯风格。歌声中，托钵僧缓步入场，他们黑袍高帽，一个一个向人们低头致意，随后坐在圆厅一侧。另有一位托钵僧与队伍隔开一段距离，也盘坐在地。我默数了一下，场中共有18位，多是中年模样，也有须髯花白的长者和表情生动的青年人。

歌声停歇，众人静默，教徒们站起身来，围成圆圈，相互敬礼。随后，他们回归队列，除了领头的一人，悉数脱下黑袍，显出一身白衣。他们双臂交叉，抱在胸前，此时音乐响起，旋转开始。他们左脚支撑，右脚使力，逆时针旋转。双臂舒缓地展开，斜着头颈，两眼微张，神情就像听父母讲睡前故事的孩子。

托钵僧舞,科尼亚转舞,土耳其旋转舞,都不是恰当的称谓,因为它不是舞蹈,而是萨玛的一部分。那种在土耳其随时随地可见的旋转舞表演大违本义。

黑袍苏非淡然而自如地行走在这迷人的旋涡中,与伫立不动的另一位黑袍形成无言的交流。圆厅的灯光先是玫瑰的绯红,接着像正午的阳光,然后又幻变成冷冷的黎明,唯有旋转永不终结。

直到走出场外,看见雨后夜空一角无声的闪电,我才从那旋涡里脱身过来。想起鲁米的诗句:"你在我胸中起舞/无人可见/一旦得见/那一瞥/宛如艺术。"

温柔的坚守

西门媚 文

一

一进入贝尔加马,就像进入了一个跟旅游无关的小城。

我们下了大巴,碰上一个来拉活的出租车司机。司机很年轻,懂点英语,听说我们想打听后天去往阿索斯的大巴,马上跑前跑后地热心询问。

阿索斯是个很小的地方,从贝尔加马去的车很少。我们之前在网上查过,但没查出个所以然。

出租车司机问了半天也没得到多少资讯,只问到了如果要去阿索斯,得到汽车总站去打听。

他给我们解释,汽车总站在郊外,比较远。现在我们下车的地方是以前的长途车站,发车都搬到总站去了。

这一点我们太好理解了。中国的城市也大都经历了这样的过程,把设在城里的火车站、汽车站、机场,统统搬到郊外去,把城里金贵的土地移作他用,又让郊区的地产升值。

既然没问明白,我们还是先去客栈吧。

这位司机很热情,一路努力跟我们介绍这座城市。因为沟通愉快,我们留了他的电话,后来几次用车都是直接找他。

整座小城处于一个向上的斜坡,街道不宽,但两旁繁华热闹。出租车一直向上,眼见街道冷清些了,似乎到了城市边缘。

我们下了车,拖着行李箱往一条小街的高处走去。这里只是店铺少了,冷清得恰到好处。民居很多,都是小楼小院。

我们下车的地方,刚刚经过著名的红色大教堂。再往更高处去,就是我们此行最大的一个目标:贝尔加马卫城。

两旁的民居简朴而漂亮,许多外墙漆了彩色涂料,墙角门边种着花。这里民居的外墙粗糙,多用旧砖石砌成,并不精致,但色彩用得极好。他们用明度和纯度很高的黄色、蓝色、红色的涂料,再加上大面积的白墙和沉淀了岁月的红砖,在阳光下,房屋显得极为明亮干净。花草更是种植得随意。仔细一看,那些花器好些都是古希腊古罗马时代的残瓮破缸,衬托之下,这些花草显得更加充满生意。

这些随意摆放使用的"古董",对于生活在这里的人们实在是太普通太常见,它们并不意味着历史,它们就是此时的生活。

二

敲开客栈大门,进到一个精致漂亮的庭院,里面跟周围民居给我的印象不大相同。

贝尔加马城边的民居，虽然简朴甚至破旧，但仍是干净又美丽。从漂亮的色彩和精心栽培的植物，便可以明白他们对生活的热忱。

庭院正中是一个西式游泳池,周围是果树与花草。枇杷树上已经果实累累,马上就要熟了。

许多品种的鲜花都在盛放。天竺葵、万寿菊、美人蕉、蜀葵、驱蚊草、绣球都在开花,墙脚窗下有好几种玫瑰和月季,花园一角还有一个爬满欧月藤蔓的花架,一架的粉色月季全部盛开。

这个花园实在太漂亮了,处处用心,却又不着痕迹,充满生机。

土耳其的花卉以玫瑰、月季最好,夹竹桃最为常见。普通人家都喜欢种花养草,但并不追求品种多样。这个小院显然是个例外,这些盛开的花卉一如中国南方花园春夏季繁多的花卉。以我照料花园的心得,这些植物看似自然生长,要做到同时繁盛不凋,其实需要花费大量的精力。

住下来我们才发觉,让这个花园充满生机的是老板的妈妈。

老板是一位中年男子,头发微长,十分斯文,看起来很像我的一位诗人朋友。

因为之前在车站没打听到后天去往阿索斯的班车,

就向他请教。他也完全不了解，但示意我们别着急，他会帮我们打听。

他坐到书桌前，打开电脑，开始上网查询，同时又四处打电话询问。

他的这间办公室，既是接待客人的地方，也是他办公的地方。他身后是整面墙的书架。

他陷在电脑椅里，更像是一位作家了。

我其实很想问问他，我猜那一面墙的书架上可能就有他自己的作品。

在土耳其，的确很多人给我相当绅士且书卷气的感觉。之前在塞尔丘克，我们就被塞尔丘克博物馆前面的一家餐馆迷住了，连续吃了四顿。不只是因为他们美味的食物；也不仅是因为环境漂亮，可以相当随意舒适地坐在树下用餐；也不只是因为便宜，最贵的一餐四人也才八十多里拉……最为重要的是他们的服务员和厨师相当友好，相当有气质，热情又节制，好几位看起来都仿佛隐身在餐馆里的作家。

所以，这次见到贝尔加马客栈的老板，我就失去了判断。也许他只是一个优雅的读书人呢？

傍晚，我们见到他骑着摩托离开，才听老妈妈说他并不住在这里，和老婆孩子另有居所。妈妈料理客栈的日常，爸爸原来就是替我们开门的那位腿脚微有不便的老先生。老夫妇有两个儿子，原来的院子是这里的一倍，现在中间修了一列房子，把院子一隔为二，另外那边分给了大儿子，也做了一家客栈。

这种舐犊之情，跟中国也很相似。

后来，我们在贝尔加马汽车总站，也碰到这样一位老太太。我们是去打听车次的，但到早了，窗口都还没开门。汽车总站空空荡荡，我们坐着消磨时间。

一位等车的老太太，可能六十多岁吧，很热情地跟我们打招呼。

她确定我们来自"秦"（土耳其语中，"中国"[Chin]的发音为"秦"），更加高兴，比画了半天。我们弄懂了，她说她小儿子去了北京学习。

学什么呢？她指了指嘴。

我还差点以为是学牙医，同行的诗人钟鸣最为明白这种特殊的交流，他说，是学汉语。

我们用手语加一些土耳其语单词和英语单词，相互聊了起来。她的小儿子在北京学汉语,准备一年后回来当导游。因为思念儿子,看到我们,倍觉亲切。

三

后来,我们发现不只是出租车司机和客栈母子,整个贝尔加马的人都相当热情。

我们走在街上,不时有人跟我们打招呼问好:"曼罕巴!"我们也加倍回应那些招手与微笑:"曼罕巴!"

我们路过一所中学,操场上的男生女生都对我们招呼问好,并问"Japan?"听到我们回答"秦",更是笑嘻嘻地热情挥手。

这样的气氛让人迷醉。

我们头一天已经去了红色大教堂,上午去了贝尔加马卫城,中午准备抓紧时间去城市的另一边,看一座神庙。

查了地图,坐上一辆小巴。小巴的线路弯弯绕绕,穿过很多居民区。乘客发现我们这几张外国面孔，很热情地微笑点头。我们仍按习惯让老人先坐，他们就更加友好了。这里的年轻姑娘都很漂亮，我正好利用坐车的机会好好观察。

土耳其女人的打扮很符合这里的气候，头巾可以防日晒，外套喜欢穿牛仔服和皮衣，可以防风。贝尔加马姑娘的头巾鲜艳，好些是彩色细格，突出了面孔的立体感，强调了浓眉大眼，更添妩媚。牛仔衣配花裙，既朴素大方又有活力。我跟她们都相互打量，好奇又友好，下车的时候，还点点头，互相致意。

下了车，离目的地还相当远。贝尔加马的游客不多，去神庙的游客更少，所以公交车并不直达。

我们穿过居民区，到了城市边缘。再往前走，两边是军事禁区，中间一条小路。往远处眺望，已经能看到神庙遗址外的古剧场，之间隔着草地荒野和铁丝网，偶尔还能见到铁丝网旁边吃草的牛群。右边围墙里，是正在训练的年轻士兵。

小路走到一半，忽然前面完全被路障阻断了，一位军官走过来，礼貌又肯定地跟我们解释，现在不能通

小院花草丛丛,树影婆娑。窗边盛开着黄白色的月季,连驱蚊草都开着美丽的花。

过,很抱歉。我们只能再向那遥远的遗迹望一望,沮丧地往回走。

太阳很大,走得焦躁。郊外的路上没有行人,也没有车。路过一个三岔口,忽然看见一辆卡车从斜前方开过,司机猛地停了下来,举起一只长面包送给我们。他微笑着跟我们打着手势,指了指车后面,还有很多面包,他是送面包去军营的。

我们收下了这只长面包,来自陌生人的礼物让人惊喜又感动。

四

下午回到客栈休息,朋友们或午睡或在小院的泳池游泳。我坐在小院里给花园用 iPad 画速写。天空湛蓝,阳光明亮,小院的建筑颜色鲜艳,花草生机勃勃,落在画面里,一派天真。

老妈妈给我送来茶和李子,她很喜欢我的画,在旁边看了好半天。

一转眼就到了晚饭时间,朋友们相互邀约着要出门。我想也没想,放下画笔,跟着一起走出了院子。

客栈门口有一个小公园,这两天我们进出客栈的时候都能看到几个街区少年。他们随时聚在这里抽烟,吃零食。因为现在正值斋月,白天不能在家进食。我曾在帕慕克的书里读到过,对于少年,在斋月里偷偷破戒,是微小而独特的叛逆。

街区少年并不介意我们这些外国游客看见,他们跟我们打招呼,热情地跟西闪握手,用英语说:"你的妻子真美。"

跟他们笑着挥别,又走了一段,忽然意识到我只穿着吊带背心和裙子就出门了。

我刚才在客栈院子里画画的时候,因为天热,没有再穿一件长衣,出门走得急,完全忘记了。

现在一想,觉得非常不妥,开始紧张起来。西闪发现我的手心全是汗,便安慰我:我们去的地方不远,吃了饭马上回来。

这两天在贝尔加马,我随时跟路人微笑,打招呼,路人都相当友好,也常主动打招呼。现在感觉很不同,可能也有心理原因,觉得街边的人都一脸严肃,唯有饭馆里的师傅仍旧笑脸相迎。我们中午就来吃过这家饭

旅行中适逢斋月,对游客来说并无不便。餐馆仍会在白天接待外国游客。贝尔加马小餐馆的厨师为外来的客人准备了丰富的午餐。

贝尔加马客栈的老妈妈,热情亲切,真有一种母亲的感觉。

馆，师傅跟我们已经熟了。

到一个地方，虽不用完全像当地人，但还是应该尽量尊重当地的风俗。所以，穿个吊带背心在大街上走路让我觉得不礼貌，挺惭愧。

我们吃完饭路过一个小广场，许多人正在把桌椅摆成几个长排，日落以后，他们会在这里共同进餐。有人远远见我们路过，便举手相邀。我因为心虚，只能含笑摆手，并不停留。

转过一个街角，忽然看到几个西方游客正站在路边看电视，电视上正在转播一场球赛。那几位游客也穿得清凉，女性都是吊带加短裤，却自然放松，不以为意。他们站在街边，看得专注，还不时喝彩。

我想可能是我太敏感了。他们对外国游客并没有特别的要求，比如现在正值斋月，当地人只能日落以后进食，餐馆却是正常开放，外国游客随时都可以吃饭。

客栈里，老妈妈也时不时地为我们拿来茶和吃食，特别是早餐，做得丰富又漂亮。我们在小城一个人气很旺的点心铺，排了长队，买来糖果点心送给老妈妈。老妈妈比画着说，她白天不能吃东西。我们说，是请她晚上吃的,她这才高兴地收下。

第三天准备离开时,在漂亮的花园里,老妈妈主动和我们女士合影,然后跟我比画,说喜欢我的画,想要我的画。

我把电子画作发到她儿子的邮箱里,也比画着跟她说,可以把这些速写放到客栈的介绍里,也可以把画打印出来装框悬挂。这两张匆匆而就的小速写,笔触粗疏,但感觉和色彩却是忠实的,希望它们放到网上,能带来更多的游客。

贝尔加马的人们

西闪 文

陌生人的馈赠

土耳其的五月,南方的温度高过伊斯坦布尔,正午更热。偏偏这个时候公交小巴把我们放在了一个无人的丁字路口。当汽车离去,扬起的尘土散开,显露的只有光秃秃的山丘和无处可躲的阳光。

我们在郊外寻找一座古老的神庙遗迹。或许是沟通的问题,又或者遗迹太过偏远,当地人指出的路线总把我们引向迷途。遗迹之旅原本不在计划,同行的诗人钟鸣、李红夫妇体贴我,知我虽早已脱离专业,却对医学保持兴趣,故而特意选择了阿斯克勒庇厄斯(Asclepius)

的祭祀之地。

阿斯克勒庇厄斯是太阳神阿波罗的儿子,神话中的医药之神,存世的雕塑凡有手执单蛇杖的形象多半是他。单蛇杖有起死复生之义,既是医神的象征,也是医疗机构最普遍的标识。医神的地位在贝尔加马尤其崇高,他是这个城市的守护神,然而在这个人口不足5万人的小城,我们竟然得不到一个关于神庙的正确信息。

按照小巴司机友善但含混的指引,我们从丁字路口向北沿着一段上坡的土路前行。走了没多久,发现道路左侧那一大片山丘和坡地全被铁丝网封锁,上面还挂着红白相间的醒目标志:军事管制区,不得拍照。我们自觉地把相机和手机装进背包,继续往前走了大约20分钟,路边出现了矮小的松树,堪堪挡住炽烈的阳光,铁丝网却一直绵延着。再往前道路变窄,右侧出现一道灰色的大门。门前有岗亭,有卫兵,原来是一座军营。

卫兵严肃,神情还有一点儿不可思议,不过他们没有阻拦,更没有上前盘查。直到我们沿着兵营继续向前,墙内的一处岗亭才发出了询问。其中一个端着微型冲锋枪的士兵隔着铁栅栏问去哪儿,我们齐声回答

"Asclepius"。他微微一笑，扬了扬手，示意放行。如今想来，几个东亚人用不伦不类的拉丁语向一个土耳其人念叨希腊神祇的名号，再次置身那个场景，我大概也会像那个士兵一样发笑吧？

不过当时我的注意力却在兵营。透过栅栏，我看见操场上一个士兵方阵正在接受长官的检阅。长官的地位估计不低，先是响起雄壮的军歌，接着喇叭里传来他沙哑而笃定的训话，然后方阵发出整齐洪亮的回应。

心中某种似曾相识的感觉使这个场景略带讽刺，但没多久，感觉就被现实打断了。一道路障横亘在眼前，路障后面还有两扇紧密的墨绿色铁门。卫兵明确告诉我们，出于军事目的，这条通往神庙的道路暂时封闭，请我们原路折回。我伸长脖子，隐隐看见山腰上几段希腊式的石柱。

再经过军营，遇见一个年轻军官，他耐心地听完我们的解释，最终耸了耸肩，转身指挥着两个赤手空拳的士兵，到路边的斜坡去驱赶不知从哪里突破了铁丝网的几头犍牛。岗亭里那位询问我们的士兵做了一个喝水的动作，意思是他们可以提供饮水。我们婉谢，顶着太阳下坡。远方传来零星的炮声，也许是寂静生出的幻觉。

恹恹地接近十字路口，远方一辆白色皮卡飞速驶来，让人恍如身处美国西部。当我们在转弯处交错时，那车猛地停下，车窗里直直伸出一只粗壮的手臂。再定睛一看，须发花白的司机在驾驶室的阴影里冲我们微笑——他递给我们的是一个足够四个人吃的大面包。我略微迟疑，欣然接受并感谢这一份陌生人的馈赠。司机咧嘴一笑，皮卡车像一匹白马奔去。

这就是贝尔加马，一个人口不足五万的小城。不过两千多年前，贝尔加马的面貌完全不同。公元前323年，年轻的亚历山大大帝骤然离世，属下将领为大统之位陷入纷争。帝国崩裂，疆土瓜分，史称继业者之战。其中一位继业者的儿子在此地建立了自治城邦。再经过两三代人的经营，城邦彻底独立，成为繁荣的王国。国家名为帕加马（Parchment），首都定在贝尔加马城。其实，Bergama不过是Parchment这个希腊词的土耳其读法而已。

在医神的庇佑下，帕加马发展成为闻名遐迩的医疗

山下这座小城就是贝尔加马。从古希腊时期开始,历经古罗马时期、拜占庭时期和奥斯曼帝国时期,历史在此地留下多重积淀。小城的名字也有帕加马、佩加蒙、培尔加摩、别迦摩等译名。每一个译名背后都藏着一段不一样的神话或事实。

中心。不仅如此,这个国家还与新兴的罗马结盟,从而创造出一段属于它的文明。公元前129年,没有男性子嗣的统治者将帕加马"赠予罗马",以期文明的繁盛延续。事实上,在此之后,即便成为一个行省,帕加马的文化都在罗马帝国中保持着较高的地位,哲学家、雕塑家、数学家、建筑师等人才层出不穷,当然最著名的还是医疗事业。古罗马最伟大的医生盖伦(公元129—200年)不但出生在这里,20岁之前还在阿斯克勒庇厄斯神庙担任助理祭司。

如今,双手捧着硕大的面包,回望掩藏着神庙的那一片被军事管制的山地,一时间,我无法形容自己的感受。只能说,这就是贝尔加马,一个人口不足五万的小城。

古老的荣耀,金色的余晖

在金色的余晖下返回城里,街道格外安静,小广场上整整齐齐摆放着几十张桌子,三五个男子正在展开雪白的桌布。见我们路过，他们远远地挥手邀请，让我们忽然想起斋月到了，只是太累，没法回应他们的热情。

按伊斯兰斋月的习俗，从晨礼到日落，人人不得饮食，我们却终于在一家餐厅门前迈不开腿，决定进去碰碰运气。店内居然在营业，食客也不少，据我观察，还都是本地人。再一打量，全是年轻男性，没有女人。他们边吃边聊，姿态悠闲，神情放松，桌上没有酒，却像在享受美酒一般，丝毫不在意几个东亚面孔的乱入。

坐下，随便点了些吃的，有土豆炖羊肉，还有形迹可疑的小炸鱼。为了转移注意，我一边扒拉盘中的食物，一边努力去理解电视上的节目。播放的内容显然跟斋月有关，在教士的指导下，一群十二三岁的白袍少年正在清真寺中吟诵经文，声音清越，韵律悠长。我知道伊斯兰教有一门学问叫古兰经诵读学，大概如此。少年们将在伊斯兰学校里成长为"哈菲兹"，意思是完全牢记古兰经的男子。擅长吟诵经文的哈菲兹尤其受人尊敬，他们往往也是深谙教义的学者。

看看电视上稚气而严肃的少年，再环顾身边那些闲适而惬意的青年，我开始胡乱联想。说起来哈菲兹的出现与贝尔加马这个地方不无关系。吟诵之所以流传,有两个主要原因。一是早期的信众大多不识字,哈菲兹的记忆对于古兰经的传承弥足珍贵。另一个原因在于书写材料——早期的伊斯兰世界纸张匮乏,这一窘境直到阿拉伯人打败唐朝军队俘获造纸工匠才得以解决。在此之前,经文的书写只能依靠造价不菲的羊皮纸。而羊皮纸(parchment)就源自贝尔加马,它跟帕加马根本是同一个单词。

事实上,正是帕加马的国王欧迈尼斯二世发明了羊皮纸。由于在继业者战争中结下宿仇,埃及统治者禁止莎草纸向帕加马出口,才促使他的敌手不得不另辟蹊径,造出更加耐用、更好保存的书写材料。不仅如此,帕加马还建起了堪与当时埃及亚历山大图书馆比肩的图书馆,藏书多达20万册。而那些书籍自然泰半由羊皮纸写就,可惜世事多舛,再皮实耐磨的羊皮书也早已湮灭了。

如今这个人口不足五万的小城,除了地理位置,它与古老的荣耀和血脉又有多深的渊源呢?再一次,我看看电视上的少年,又看看邻桌的青年,对传承的信念起了怀疑。

吃完饭我们继续往回走,同行的女士顺便到小超市买东西,我和钟鸣站在街边等候。这时对面巷子跑过来三个小孩,带头的小男孩向我们摊开右手,笑着嚷嚷:"Money! Money! Money!"看上去也就六七岁,一副很机灵的样子。两个小跟班只有四五岁,一男一女,穿着朴素,都有一双漂亮的眼睛。我们还没反应过来,身后一个中年男子就立刻呵斥了他们。当他发飙时,另一个中年路人也过来帮腔,吓得孩子们一溜烟又跑回了巷子里。两个男子耸肩撇嘴,向我们示以抱歉的表情,然后各自离去。我注意到,他们手里的塑料袋似乎都装着类似糕点的食物。

很快就有了答案。他们的食品看来出自前边的一家小店。橱窗里师傅们忙忙碌碌,店门外排起小队,清一色的男性。我们凑到橱窗前张望,发现卖的糕点红红绿绿,大多像是油炸的面食,形状和质地都类乎没有切开的大型沙琪玛。凭伊斯坦布尔的有限经验,我对它们的可口程度颇有疑虑,尤其是甜度,想必会超过我的极限。但是我的同行们还是加入了等候的队伍,直到手上也拎起同款的塑料袋。

暮色渐浓，我们终于走回阿克罗波利斯酒店。所谓"Akropolis"，即英语里的 Acropolis（雅典卫城），只不过在这里它指的不是雅典，而是贝尔加马的卫城——酒店就在卫城脚下。

不出意料，糕点既甜且油，令人绝望。看见我们愁眉苦脸坐在花园里，酒店老板的母亲竟然一眼看出这些全是当地名产，我们赶紧双手奉上，她客气一番，欣喜地收下了，连带我们之前得到的那份美好的馈赠——大面包。大娘给我们续上免费的咖啡和茶，没有立刻坐下来享用糕点。她指一指天空，又捂了捂嘴，意思是斋戒规定，饮食的时辰还未到来。直到深夜，我才瞧见她一手端茶，一手拿着甜点，安静地坐在月光下的泳池旁。

母亲的思念

阿克罗波利斯酒店格局不大，与其说是酒店，不如叫客栈。以前就是"Guest House"，后来新添了一个比浴缸大不了多少的露天泳池，便自我升级成了酒店。不过我倒是喜欢它的客栈风格，尤其是庭院里看似漫不经心却又层次分明的各色花草，以及两棵刚刚结出青橘的小树。打理都仰赖老板的母亲。老人家七十多岁了，仍然活力十足，她是阿克罗波利斯酒店的灵魂。

酒店老板待人也很周到，身材魁梧高大，一头卷发，面容像一个希腊人，不爱说话，但对旅客的帮助可谓丝丝入扣。

在贝尔加马我们唯一的烦恼是如何离开贝尔加马。之前我们从棉花堡出发，在伊兹密尔中转，一路顺畅地抵达了这里，却没想到这里并非公路网络的重要节点，大多数长途巴士都不经过，少数经过此地的巴士也只在远郊的汽车站短暂停留。更何况我们要去的下一个目的地也很偏僻，很可能不在长途车停靠的站点之列。酒店老板坐在他的办公桌前，电话兼电脑，询问兼搜索，最后无奈地告诉我们，还是得去远郊的车站实地问一问。

贝尔加马古城2014年列入世界文化遗产，政府从中看到商机，在距离城区约7公里的地方修建了一座大型长途汽车站。大手笔却不见大回报，白天候车厅一个乘客也没有，连售票处都窗口紧闭。好不容易看见一个清洁工，一问才知道，售票处下午3点才办理业务。来回不容易，我们只得坐等两小时。

枯坐中回想城中恢宏的卫城，还有那红色教堂（Red Hall），如何与这粗笨的车站相匹配？卫城离酒店不远，教堂更近。起初我以为是早期基督教的建筑，空地上立着的狮头人身塑像却在暗示这些砖石梁柱有更久远的历史。虽说从材质判断塑像为新近复建，但这个埃及神话中的战争女神塞赫迈特（Sekhmet）却说明教堂与神庙脱不了干系。在复杂的格局中，还有两个像粮仓一般的小型圆顶建筑，分明又是伊斯兰风格。可见历史和宗教之间的纠缠多么难解。后来我才得知，还有人依据《圣经》，把这里叫作"撒旦王座"，复杂中又平添一丝荒诞。

空旷的候车厅里继续枯坐，忽然进来一位中年女士。没有罩袍也没有头巾，拎着一个黑色挎包，近乎白色的浅绿衬衣，过耳的栗色短发，除了面容，普普通通一如国内常见。在这偏僻之地撞见几个东亚怪客，看来她相当吃惊。她拘谨地微笑，先远远地坐下，似乎又很兴奋，怯怯地靠近，坐在与我们相隔一席的椅子上，用只能会意的英语问我们从哪里来。像大多数时候一样，我们都回答"Chin"。听到答案，她坐直腰板，抿了抿嘴，显得更加兴奋，可接下来的问话在我们听来还是老一句"Where are you from?"而我们相同的回答显然没有让她满意。我们又抛出 Sichuan、Chengdu、Panda 等字眼，她仍然摇头。她用土耳其语连比带画地说了一堆话，急得脸色通红，鼻尖冒出细汗。还是钟鸣善解人意，他说她要讲的是她的家人在中国。

朝着这个方向进一步沟通，果然如此，她的儿子在北京留学。我们一直没听出"Pekin"就是北京。问她儿子学什么？她指着自己的嘴，一开始我以为是牙医，多番交流，原来是学汉语。她又从挎包里掏出钱夹，里面有儿子的黑白照片。我们一起夸赞她的儿子英俊帅气，她很开心地笑，说儿子将来想做翻译，前不久她还去了北京看望他，说着说着眼中漾起浓浓的思念。

一辆大巴开来，停在大门外，女士起身和我们拥抱告别。向异乡人诉说也许是纾解思亲之苦的难得机会，我很高兴自己幸运地成为思念中的媒介。即使微不足道,也算机缘巧合。

女士是来贝尔加马走亲戚的,家在30公里外的海滨小镇迪基利(Dikill)。那里靠近爱琴海,与希腊的莱斯沃斯岛隔海相望,也是我们前往下一个城市的必经之地。在那不起眼的小地方,发生过不少妻离子散家破人亡的故事。久远如希土战争(1919—1922)期间,无数人在此地生离死别,那情景海明威在小说里描述过。最近的则是叙利亚难民,他们中很多人从迪基利逃到莱斯沃斯岛,后来又被希腊遣返回土耳其。我想,一个生活在迪基利的母亲一定比我更理解思亲之苦。

当我们的大巴经过迪基利,小城非常安静,依稀可见莱斯沃斯岛的轮廓,漂浮在蓝灰色的大海里。想那岛上,有多少思念的儿女,又有多少思念的母亲。

后 记

现在想来,我们的土耳其之旅颇有一些即兴成分,若不是好友推动,恐难成行。尽管之前我们也有不少长途旅行的经历,可是我太宅,西门媚又不喜计划,所以我俩一致认为,缺了自由的旅行以后都应该尽量避免。我们情愿在西门媚描述的"区际旅游"中发现日常生活的新意,也不愿被电子签证、列车时刻表以及航班信息显示系统束缚了手脚。

但是我们终于出发了,在明媚的五月。友谊的助燃剂,再加上爱琴海、安纳托利亚、特洛伊、以弗所……这些充满传奇色彩的名词,驱动着我们飞往6670公里之遥的伊斯坦布尔。在其后数十天的游历中,它们由抽象而具象,从神秘变事实,一次又一次点亮了我们的眼睛。

然而这还不是最重要的。因为我们很快发现,在这块陌生而遥远的土地上,格外吸引我们的始终是现实世界中多姿多彩的人生。朋友的拥抱、陌生人的慷慨、孩童的欢快、老人的庄重以及少年的迷惘,一颦一笑,一举一动,都让我们产生无比美妙的共情。很多偶然的邂逅与无意的场景,并未超乎我们的想象,却在迥然相异的背景下凸显出人性的丰度与广度。暗夜巡游的斋月鼓手、正午阳台上的醉汉、小城车站思念儿子的母亲、古玩店闲聊的老人、巷子深处玩双陆棋的茶客,我们遇见的每一个普通人都在歌咏日常生活之美。

如今想来,我们的土耳其之旅也是终结之旅。全球化正在失去动力,只是凭着惯性继续滑行。各个国家的大门都在徐徐关闭,仰赖全球贸易的土耳其,经济一路下滑,呈现出货币与债务的双重危机。然而至少在当时,我们还没有看到多少愁容,土耳其人依然活得很有尊严,很有滋味。归国不久,我们甚至想过找个时间重返土耳其,走一走安纳托利亚半岛的北部,看一看不同于爱琴海岸的黑海之滨。不料形势急转直下,疫情使得这一波长达40年的全球化浪潮戛然而止，几乎所有国家都扎起篱笆竖起吊桥，似乎快速退回了以邻为壑的部落时代。

即便如此，我们仍然在心中不止一次地回味着那次旅行，重温每一段相逢和每一次交流，感觉这份珍贵的记忆可以帮助我们抵抗瘟疫时代的沮丧、厌倦和屈辱。我们甚至觉得，通过文字，这份记忆或许也有益于他人的抵抗。

最后，我们要特别感谢陈卓先生。没有他的专业、宽容和热情，这一份记忆将难以成型。

西闪

2022年10月31日，成都玉林

补 记

就在本书即将付梓之际,土耳其一日连发两次大地震,震级与汶川大地震相当,死伤目前已超数万人,令我们深感震惊。

从地图上看,地震发生在安纳托利亚半岛东南部,震中位于三省交界的小城努尔达伊(Nurdagi),受灾面积覆盖土耳其南部和叙利亚北部。从一开始,那片土地就不在我们的旅行规划当中,然而我们的确设想过,假如有朝一日重返土耳其,一定要把爱琴海沿岸的路线延伸过去。事实上,如果不是因为疫情,我们真的很可能将设想付诸现实。

我们一直都很想念土耳其,地震的消息让想念变成了揪心。我们遇见过那么多热情而骄傲的土耳其人,他们会不会在这场灾难中失去热情，失去尊严，甚至遭遇更大的不幸？给我们做向导的那个小伙子，他的父母好像都留在叙利亚的阿勒颇，不知道有没有幸存下来？无助之下，除了给联合国的救援机构捐点儿款，我们也只能为他们祈祷了。

当人们遭遇巨大的灾难，往往会将其视为无可逃避的命运。这是合乎情理的解脱，是幸存者继续活下去的凭据。但是，我们也不时提醒自己，不可轻率地将他人的苦难文学化、隐喻化，因为我们有过地震的多次经历，也是毕生脱离不了地震带的普通人。我们不应该如康德所言，认为"在地表上时不时发生地震是有必要的"，也不应该像恩格斯那样，觉得"没有哪一次巨大的历史灾难不是以历史的进步为补偿"。每一个生命的失去，都是无可挽回的事实，跟哲学无关，跟历史无关，跟文学无关。

所以，我们想把这本游记献给受难的人们，可能起不了什么作用，只是向有血有肉的每个普通人微微鞠上一躬。

西门媚　西闪
2023年2月13日，成都玉林